FROIDURE
le berger magnifique

DU MÊME AUTEUR

chez le même éditeur

TERRE MÉGÈRE, 1993

LES AMANTS DU PONT D'ESPAGNE, 1995

MARTINE MARIE
MULLER

Froidure,
le berger magnifique

ROMAN

ROBERT LAFFONT

ISBN 2-221-08454-3

Je dédie ce livre à Bernard, mon mari, qui a suggéré de faire dire à Froidure Ardan : « Il faut arrêter de vivre dans le rêve, et faire vivre le rêve dans l'avenir. »

Prologue

La nuit explosa.
Une belle et profonde nuit paysanne
déchirée
ulcérée.
Une bulle blanche et rouge
tremblante
vibrante
rageuse et désespérée
jaillit dans un fracas de tonnerre.
Le Crédit agricole de Morlaàs n'existait plus.

Devant les flammes, un homme, debout, les poings serrés, le corps tendu, hésita un instant puis s'enfonça dans la nuit.

Première partie

1.

Comme on se souvient du cri d'un busard blessé dans la nuit, comme on se souvient de la chute d'une palombe, les ailes crucifiées, comme on tient en soi le craquement douloureux de la terre en plein gel, personne ne put oublier, jamais, ce matin où fut annoncée dans tout le pays la mort de Frédéric Ardan.

Frédéric Ardan, dit Froidure, le seul homme encore debout sur cette terre abandonnée.

Était-il vraiment possible que Froidure fût mort en cette étrange nuit d'octobre, durant cette même nuit qui avait vu flamber le Crédit agricole ? Lui seul pouvait autant bouleverser les curiosités, ameuter les gendarmes, si tranquilles depuis l'attaque de la station-essence de Lembeye par deux jeunes en mobylette. Et quel autre enragé aurait pu commettre cet attentat ?

Ce matin-là, ceux du village de Mascaraàs et des autres villages du Vic-Bilh, du vieux pays, surent qu'ils étaient encore d'une race de héros, eux, les derniers survivants de la terre béarnaise, longue terre tranquille, longue lande aux formes belles et douces des femmes d'autrefois. Cette terre-là, cette femme-là, peut-être n'y avait-il plus eu que Froidure pour l'aimer.

Mais de tous ceux qui vivaient encore là, dernières sentinelles, derniers guerriers sur un champ de bataille désert, nul ne put croire à la mort d'Ardan le sauvage. Ardan le berger magnifique ; car qui pouvait admettre qu'Ardan fût le dernier éleveur de moutons du village, qu'Ardan fût le dernier homme ?

2.

Froidure naquit par une nuit de gel si terrible que le Léez gelait par plaques douloureuses. Le givre étoilait les hautes vitres, des paquets de neige tombaient dans les cheminées. Toute la grande maison, pétrifiée dans l'attente de l'enfant, ne vibrait que des soubresauts de l'hiver rôdant derrière les murs à pas de loup. Elle ne tremblait que des gémissements d'Amélie et des pas actifs et feutrés des autres femmes de la famille : Mme Ardan, la future grand-mère, et Irolie, la belle-sœur.

Au rez-de-chaussée, le vieil Ardan était assis près d'Hypolite, en face de la haute cheminée. Puisque le père était absent, ils n'étaient pas trop de deux à prendre cet air traditionnel, celui de l'attente et du geste furtif dans l'inquiétude mesurée.

Ils soupirèrent en chœur. Chacun songeait à Centulle Ardan, qui n'était toujours pas là. Où était-il donc, ce presque père, cet obstiné qui avait quitté le domaine pour devenir médecin ? Et à Bordeaux, encore !

Polite eut un grondement rauque qui fit hocher la

tête au vieil homme. Bien sûr, Polite était là, presque depuis toujours, immuable dans sa fidélité, meilleur fils, cet orphelin de l'Assistance, que le fils de sang et qui savait tout de la terre et des hommes. De la terre, belle et bonne et garce, comme il savait tout des hommes, du bon et du pire, du charognard et de la colombe.

Polite soupirait toujours, crachait parfois dans les flammes qui dansaient derrière les chenets à tête de chien. Les hommes, c'était comme les busards, la serre aiguë, le bec vorace, l'œil impitoyable mais avec au fond, bien cachée, de la tendresse comme du duvet.

Centulle Ardan n'arrivait toujours pas.

Le vieil homme se leva, tapa sur les pans de son vieux pantalon de velours côtelé et s'approcha des hautes fenêtres qui donnaient sur le jardin. Il regarda, un peu mélancolique, la longue allée aux arbres nus qui descendait vers la grille que l'on n'ouvrait plus jamais, vers l'enceinte de vieilles pierres au faîte tout moulu par les ans et les pluies. Ce n'était plus tout à fait le Mascaraàs de son père et de son enfance, riche et animé. Sans doute eut-il dû mieux l'entretenir. Il vit, avec un peu de honte, la rouille sur la grille, le toit ployé de la grange qui jouxtait la poterne d'entrée. Plus près de lui, il sentait le vent suinter des boiseries vieillies, déjointées, des carreaux fendus sur les portes qu'il avait toujours négligé d'entretenir. Il s'était dit que ce serait le rôle de Centulle. Lui avait veillé à la terre, aux récoltes. Centulle aurait bien pu, après son mariage, prendre goût à l'entretien de la maison des aïeux.

L'humidité suintait des grandes dalles de schiste noir, tombait des murs de pierre. Du plâtre chutait par instants entre les poutres, sur la longue table de chêne qui occupait le centre de la pièce. Son propre grand-père l'avait fait tailler dans un chêne entier. Depuis le mariage de Centulle, plus personne n'y avait banqueté. Amélie, heureusement, aimait cette maison plus que sa propre ferme natale, sur la route de Garlin. Elle était entrée ici, radieuse, en fille aimante, et le vieil homme sentait en sa belle-fille la force d'un amour obstiné pour ce qui avait été la vie des hommes de Mascaraàs.

Le vieil Ardan retourna s'asseoir près de Polite, qui grattait parfois sa tête rase sous son béret, de cet air méditatif et lointain qui était toujours le sien. Il plissait son œil, son œil unique fixé sur les braises, tandis que l'autre, comme un bout de moignon fripé, dormait, pétrifié dans une chair crevassée et violette.

Parce qu'il leur semblait que leur fils s'ennuyait souvent à Mascaraàs et qu'ils étaient bons et aimaient faire le bien, les Ardan demandèrent un enfant à l'Assistance publique. On leur amena un gamin de l'âge de Centulle, hirsute et crasseux, apeuré, ne parlant que le patois. Ils lui offrirent une paire de chaussures neuves, qu'il se dépêcha d'échanger à la foire de Lembeye contre du tabac. Ils le logèrent à l'étage, près de la chambre de Centulle, mais il fuguait la nuit, dormant à la belle étoile, rôdant dans les granges, fouinant sur les bords du Léez, à la recherche d'une odeur moussue où il faisait sa couche. Et puis un jour, cassant cette bonne vie, il y eut l'accident ; Polite et Centulle couraient, leurs Opinel flambant neufs à la main. Ils revenaient du ruisseau, traversant le champ qui lie le cours du Léez au dos de la demeure. En passant devant les bordes, Polite tomba. Le couteau se planta dans l'œil droit.

Il y eut des cris, l'affolement, et Centulle, haletant, qui attela la carriole. Ce fut peut-être de ce jour que le goût de la médecine lui vint, qui peut savoir ? Il y eut les cris, et la douleur, celle de la blessure, de l'œil perdu, et celle des mauvaises langues du pays qui firent remonter l'histoire jusqu'à Pau. On vint rechercher Polite pour le placer ailleurs. Il pleura. Mme Ardan aussi, mais rien n'y fit. On ne put que jurer, promettre que, pour ses vingt et un ans, ils iraient le rechercher.

Le feu crépitait doucement, un nuage de neige tomba sur les flammes qui chuintèrent.

– Polite, au printemps, il faut qu'on trouve des échelles, des grandes, ou bien il faut faire venir le couvreur, qu'il mette des chapeaux aux cheminées !

Polite hocha la tête, prit ses allumettes dans la poche de son pantalon de toile bleu délavée, gratta l'une d'elles et hocha à nouveau la tête.

– Je me demande pourquoi je pense à cela, maintenant, Polite, comment tu as fait, chez les autres, pendant la guerre ?

Polite hocha les épaules. Qu'est-ce que cela pouvait faire ? D'ailleurs, il ne se souvenait presque plus de ces sept années loin de Mascaraàs. Travail. Dureté. Claquement du froid sur la nuque. Mépris et silence des maîtres. On l'appelait le monstre, le cyclope. Mais, sans haine et sans joie, Polite attendait. Il sentait passer les saisons, le nez en l'air, suivant le parfum gras des mottes de terre pendant les labours, le parfum des pollens et du brassement torride de la terre pendant les étés. Ce dont il se souvenait bien, c'était du jour où Centulle était venu le voir, lui dire adieu avant son départ pour les Afriques. Il était déjà si grand et si maigre, avec de belles mains blanches de bachelier. Centulle quittait Mascaraàs, quittait ses vieux parents, les laissait avec des journaliers inconnus. Polite avait eu honte et mal mais n'avait rien dit. Et puis la guerre était venue. Centulle était toujours dans ses colonies ; des hommes venaient et partaient, d'autres mouraient, les éternels charognards étaient toujours là. Polite se souvenait d'hommes jeunes, cachés, d'armes dissimulées, et même d'un vert-de-gris, encore plus gris de peur que son uniforme, fuyant les F.F.I. qui dressaient le pavois comme des navires. Polite avait porté à manger à tous. Ce qui importait, c'était de revenir un jour à Mascaraàs. En 1946, comme promis, ils étaient venus, Centulle rentré de ses colonies, le père, la mère, ils étaient venus le chercher. Depuis, il n'avait plus jamais quitté Mascaraàs. Mais Centulle, lui, ne pouvait résister à cette nouvelle passion qui lui chauffait les fesses. Après l'armée, ce fut la médecine à Bordeaux. Quelle tête de cochon, ce Centulle, qui faisait souffrir ses vieux parents, et sa si jeune et jolie épouse ! Peut-être la venue d'un enfant l'assagirait-il ?

– Centulle va venir, c'est sûr, grommela Polite.

Le vieil Ardan hocha à nouveau la tête.

– Allons, plus d'illusions, ce temps est fini. Qu'importe qu'il revienne ou qu'il reparte. Un nouvel oiseau est dans le nid..., et nous nous en occuperons bien, n'est-ce pas ?

Ils se sourirent puis s'absorbèrent à nouveau dans la contemplation du feu.

Le vieil homme se dit qu'il pouvait mourir, même s'il restait encore beaucoup à faire pour maintenir Mascaraàs debout. Mais un petit venait, qui serait un vrai fils de la terre. Incompris comme Polite, peut-être, mais indispensable au cœur des hommes, même si ces hommes l'ignoraient. D'ailleurs, au village, on se moquait de Polite, de sa grosse tête plate et borgne, de son patois grasseyant et haché, de sa face de hérisson mal taillée, de son béret crasseux qu'Amélie devait voler pour le lui laver, oui, on pouvait rire de Polite, mais c'étaient les mêmes qui venaient le trouver lorsqu'un arbre, mystérieusement, ne donnait plus. Alors on voyait Polite traverser le village, aller toucher l'arbre, le palper. Il venait avec son seau rempli de bouse mélangée à une terre qu'il prenait dans un endroit secret. Il affûtait son Opinel la perte de son œil ne l'avait pas guéri de son amour des couteaux –, et il fendait l'écorce avec douceur. Puis il posait sa greffe, faisait cicatriser son entaille avec sa bouse et entourait le tout d'un chiffon bien propre. Il ligaturait l'ensemble avec de l'osier qu'il était allé ramasser dans le Léez. Et, au printemps, ceux qui riaient, ceux qui se moquaient regardaient avec un étonnement stupide ce bourgeon tout neuf, cette brindille étrangère qui rendait vie à l'arbre que l'on avait cru mort.

Soudain, ils entendirent un cri, puis un autre. Ils ne s'inquiétèrent guère, chacun dans ses pensées secrètes. Polite songea aux brebis du village. Cela ne devait pas être beaucoup plus compliqué pour une femme. Le vieil Ardan, quant à lui, songeait à cet enfant plus qu'à la mère. Il en était certain, ce petit être sauverait Mascaraàs.

Ils tendirent tout de même l'oreille, au cas où Irolie eût poussé son cri de trompette pour donner quelque ordre. Mais tout semblait calme, ils n'entendaient que les pas secs des femmes qui faisaient grincer le plafond.

Centulle n'était toujours pas là. La neige s'était remise à tomber, s'était arrêtée, puis revenait à nouveau, lançant sur les fenêtres glacées tout un gros vent venu de la vallée, porteur de paquets de neige qui volaient comme des ballots de coton.

Centulle était sur la route, pourtant, cramponné au volant de sa 2 CV, luttant contre le sommeil, contre l'épuisement de soixante-dix heures de garde, luttant contre la tempête. Avant Morlaàs, rompu, il s'arrêta sur le bas-côté et s'effondra sur le volant. C'était un signe, déjà. Le père et le fils, dès la première minute, dès le premier jour, s'étaient manqués.

Centulle Ardan dormit deux heures, trois peut-être. Quand il parvint à Mascaraàs enfin, il traversa le village, mais la 2 CV refusa de monter la butée du pont qu'il fallait passer pour arriver à ce que les gens du pays avaient toujours appelé « le château ». La bâtisse se tenait là depuis deux siècles, avec sa longue façade dorée, haute d'un étage, serrée aux extrémités par deux tours carrées, embrassant toute la vallée. Plantée au milieu d'un jardin surélevé, cernée d'un mur de pierre, elle faisait face au pont, face à la vallée et au petit village.

Le docteur Ardan laissa la 2 CV épuisée près du pont et marcha à grands pas vers sa demeure. Il passa la poterne qui jouxtait la grange, tapa machinalement sur les grands pans de son manteau kaki. C'était un paletot d'officier dont il avait gardé le goût, qu'il cachait à Bordeaux mais mettait pour venir à Mascaraàs en cette saison. Ses grandes enjambées pressées laissaient des pas profonds dans la neige. Il poussa la porte cloutée. Là, il resta figé par la surprise. Polite descendait l'escalier, les mains dans les poches, hilare.

– Te v'là donc ! Ben, c'est une sacrée froidure, ah ! là, là, *de diùbiban de hilh de pute* ! Une sacrée froidure !

Centulle, un peu interloqué, monta le grand escalier. Dans la chambre conjugale, il vit enfin sa femme, pâle et calme, au fond du lit, souriante, tenant entre ses bras un poupon rouge et endormi.

Il ignora l'œil sévère de sa mère, les bras croisés d'Irolie, qui se tenait raide, comme un vivant reproche, près du vieux père au regard toujours plein de compassion.

Il ne sut que dire. Il passa une main glacée sur ses cheveux ras, taillés en brosse sévère, goût qu'il avait ramené, comme le paletot, de ses années de service colonial. Il ne sut rien dire, ni qu'il l'aimait, ni qu'il était désolé, ni qu'il avait fait ce qu'il avait pu ; il ne sut même pas trouver en lui les reproches qu'il tenait serrés depuis leur mariage : elle aurait bien pu accepter de venir à Bordeaux, près de lui, et y accoucher en toute sécurité.

Il ne disait rien, le visage douloureux, ruisselant de neige fondue, contemplant avec une stupéfaction émue l'enfant et la mère.

Ce fut Amélie qui parla la première.

– Polite a raison. Nous avions décidé Frédéric si c'était un garçon. C'est joli, Frédéric, mais nous l'appellerons Froidure, notre Froidure, extrême et ardent... Froidure Ardan.

Et Amélie leva ses grands yeux sérieux vers ce mari au cœur sombre qu'elle ne désespérait pas de ramener un jour sur sa terre natale.

3.

Centulle fut enfin médecin à quarante ans passés, mais il voulut faire une spécialité. Il revenait à Mascaraàs, entre deux examens, voir sa femme silencieuse, ses parents toujours vaillants, Polite toujours fidèle et son fils qui grandissait.

– Amélie, tu dois venir à Bordeaux avec moi ! Il y aura de bonnes écoles pour Froidure...

– Laisse-le déjà faire ses dents, grommelait sa mère, en lui passant la soupe.

– Mais ici c'est fini, vous ne vous en rendez pas compte ; êtes-vous si aveugles ?

Chacun replongeait le nez dans son assiette. Un reste de soupe chantait sur la cuisinière à bois, le tic-tac de la vieille horloge brisait le silence qui s'installait un peu plus à chaque visite de Centulle. Amélie, pour clore la querelle, répondait invariablement :

– Centulle, je suis née ici, peut-être pas à Mascaraàs, mais ici, tout de même, au pays. Et comme mon frère, comme nous tous, sauf toi, je ne pourrais vivre ailleurs.

Cette douceur inflexible glissait sur les désirs de Centulle, qui demeurait stupéfait, les bras pleins d'une ambition que sa femme dédaignait.

– Oui, parlons-en de Joseph ! Il est comme toi, il a peur de la ville, il préfère rester dans votre ferme, à se cacher du monde qui bouge et qui change.

– Ah, on l'a vu bouger, ton monde ! On l'a vue, la guerre, joli mouvement, oui, joli mouvement ! grommelait la vieille mère, pas trop fort tout de même, en enfournant une cuillerée de bouillie dans la bouche ouverte du petit Froidure.

– Un raté, ton frère, qui n'a même pas voulu agrandir le domaine après la mort de votre père ! grognait encore Centulle, à bout d'arguments, quand il faisait des efforts pour être vraiment blessant.

Cependant, il reprenait encore :

– Sais-tu bien que j'ai vu le maire de Maubourguet, et celui de Conchez ? On parle de fermer leurs écoles, bientôt ce sera la nôtre, comme l'église. Dites-lui donc, père, que nous n'avons jamais manqué la messe de onze heures...

– Tu veux dire la sortie, mon fils, le café, la partie de boules, de quilles, les cartes...

– C'est tout pareil, c'était notre vie ; mais, maintenant, c'est fini, nous n'aurons plus jamais la même vie à Mascaraàs.

– Nous irons à la messe à Garlin, disait la mère, ignorant le regard noir de son fils. Avec le nouveau camion que grand-père vient d'acheter. N'est-ce pas, Froidure, qu'il est beau le camion de grand-père ?

Après les repas, Amélie, laissant sa belle-mère aux soins de la cuisine, vaquait de par toute la maison, indifférente aux discours de son mari qui lui parlait des tapis et du chauffage central de son petit appartement de Bordeaux. Imperturbable, elle posait les seaux sous les tuiles, grattait la mousse du porche ou les cloques de moisi qui bosselaient le mur sous l'escalier et chassait les poules qui s'aventuraient dans la grande salle.

– Et l'électricité ! tonna un jour le docteur Ardan. Sais-tu à quel siècle tu nous fais vivre ?

À sa grande surprise, Amélie acquiesça.

– Tu as raison, Centulle, dit-elle en observant Froidure qui rampait à quatre pattes vers le panier de haricots que sa grand-mère équeutait d'un air faussement absorbé. Qu'en pensez-vous, mère ? continua-t-elle, songeuse.

Mais elle avait déjà pris sa décision.

– Chère enfant, ce n'est pas moi qui me lève la nuit à tâtons pour changer le petit.

– Il est temps, en effet, d'avoir l'électricité à Mascaraàs. D'ailleurs, Joseph en est très content, il l'a même fait mettre dans l'étable. Pour les vaches !

Centulle laissa échapper un sourire, étonné mais inquiet, au fond, d'un succès si rapide. À Mascaraàs, il n'y avait plus que le château qui vécût encore avec la bougie et la lampe à pétrole. Centulle s'attendit à un revirement de la part d'Amélie, puis songea brusquement que lui faire moderniser la demeure n'était peut-être pas le meilleur moyen de l'en arracher. D'ailleurs, son intuition ne le trompait pas, Amélie lui réservait une de ses surprises dont elle était coutumière.

Quand le jeune électricien vint avec ses boîtes, ses fils, ses boutons, avec son air important de technicien apportant le feu du ciel à des bouseux archaïques, il s'entendit dire par Amélie qu'il pouvait tirer ses fils au rez-de-chaussée, dans les chambres à l'étage, elle lui accordait même la porcherie, la grange..., mais pas l'entrée.

– Pas l'entrée ? Mais vous rigolez, ma p'tite dame ! Pas d'électricité dans l'entrée ? Les cochons, oui, mais pas vous, pour entrer dans cette ruine ?

Le jeune gars ouvrait un bec comme un four, tandis que Froidure arrivait à quatre pattes pour tripoter sa mallette de cuir.

– C'est cela, jeune homme ; vous avez compris. Vous posez vos porcelaines partout où cela vous chante, mais pas dans l'entrée.

– Mais elle est noire comme une cave, votre entrée ! Et votre escalier qui branle : vous l'avez vue, la troisième marche ?

– Faites votre travail, mon garçon, mais si je vois une porcelaine dans l'entrée, je l'arrache à coups de marteau.

Choqué et blessé comme si on avait menacé d'attenter à sa vie, le jeune électricien travailla dans un silence buté et hostile, refusant même le verre de vin traditionnel.

Il en parla aux gars qui tiraient les fils dans le village, qui en parlèrent à la boulangerie et à l'épicerie, qui en parlèrent au maire, qui prit sur lui de téléphoner à Centulle, de la poste de Morlaàs.

Centulle fit l'aller et le retour dans la même nuit, furieux et en même temps triomphant douloureusement de ce doute qui le grattait depuis le début.

– Je me doutais que tu aurais encore une de tes idées du Moyen Âge !

Ses parents prenaient un air innocent ; Centulle, ulcéré, flaira un complot.

– C'est ainsi, soupira Amélie, sommée de donner des explications. On entre dans sa maison la lampe à la main.

Tandis que son mari cherchait un argument cohérent, Amélie flattait de la paume les portes du vieux meuble de sacristie, adossé au mur de l'entrée, puis elle se mit à épousseter le globe vert pâle de la lampe qui y trônait.

– C'est comme à l'église, murmura-t-elle, presque tout bas, de sa voix douce et ferme, comme à l'église, tu mets les doigts dans l'eau bénite, eh bien, chez les Ardan, tu prends la lampe à la main. C'est ainsi que l'on doit entrer dans sa maison, la flamme à la main, en souvenir de l'âme des morts.

Sans voix, Centulle repartit en claquant la lourde porte aussi fort qu'il put.

On entendit le soubresaut métallique de la petite voiture sur le pont, le zigzag furieux qui prenait le virage de la route, le couinement des freins qui mourut au loin.

Peinés, les vieux parents restaient figés dans l'entrée. Silencieuse, Amélie craqua une allumette qu'elle glissa sous le gros globe opaque. Froidure, dressé sur la pointe des pieds, tentait de souffler sur les ombres et les fumerolles qui dansaient autour d'eux.

Amélie le prit dans ses bras, lui fit toucher délicatement, du bout d'un doigt, le globe qui chauffait.

– Un jour, il comprendra, dit Amélie, et il nous reviendra.

4.

En ce temps-là, les beaux jours revenaient toujours à Mascaraàs. Après l'épisode de l'électricité, le village calma ses ricanements, resserrant ses ailes de grosse poule autour des demeures qui, malgré l'électricité, se vidaient. À la naissance de Froidure, c'était pourtant encore un joli village, vivant, plein comme un œuf.

Le château se tenait au bout du bout de Mascaraàs, regardant vers le pont, vers le village. Après le pont venait l'église sur sa placette ronde et moussue, abritée par de grands châtaigniers. Après le Léez, qui bouillonnait à cet endroit comme un jeune torrent de montagne et sortait de son arceau de noisetiers avec des remous rieurs, on prenait la route qui serpentait doucement à travers le village jusqu'à la mairie, toute blanche et carrée, flanquée d'un escalier de chaque côté, sous les inscriptions désuètes d'école des filles d'un côté et d'école des garçons de l'autre. Tout l'étage était occupé par petits, grands et moyens, sous la garde d'un couple d'instituteurs, logés dans l'ancien presbytère, la première maisonnette après le pont.

De part et d'autre de la route, entre la boulangerie et l'épicerie-buvette qui faisait l'angle, face à la mairie, les petites maisons villageoises se tenaient, grises et serrées, parfois séparées par des bouts de champs, de potagers ou de jardinets qui croulaient sous les arceaux des haricots, des pois, parmi des choux qui s'épanouissaient le long d'allées tortueuses, au milieu de dahlias à grosses têtes sang de bœuf ou jaune tournesol. Des poules divaguaient de droite et de gauche, effarouchées par le passage des premiers tracteurs.

Pourtant, beaucoup d'amis de l'enfance d'Amélie et de Centulle étaient déjà partis, ouvriers, apprentis en ville, cols blancs, postiers, gendarmes ou encore jeunes hommes préférant la guerre d'Indochine au village de leurs parents.

Amélie fut heureuse que son frère Joseph, qui avait gardé leur ferme natale, plus haut sur la colline, près de Garlin, trouvât une fille du pays qui voulût bien l'épouser et partager sa vie au pays. Un peu avant la naissance de Froidure, Joseph avait épousé Irolie, aussi ronde et bavarde qu'Amélie était mince et silencieuse.

Toute jeune épousée, déjà enceinte, Irolie prenait

sa bicyclette, filait sur la route, descendait le pli de la vallée qui les séparait, pédalait avec ardeur pour reprendre la côte de Mascaraàs. Au bout du village, elle s'arrêtait au pont, sautait de sa machine, tirait sur ses socquettes et sur sa jupe mi-longue, poussait sa machine jusqu'à la grange, près des clapiers à lapins qui en occupaient tout le fond. Puis elle allait de son pas rond saluer les Ardan. Elle ne manquait jamais de féliciter le vieil homme pour la taille de sa vigne dont les treilles, au fil des ans, avaient poussé autour de la poterne d'entrée et, sans malice, s'étiraient de part et d'autre, à l'est sur le vieux mur, à l'ouest sur la grange. Les produits de traitement que Polite vaporisait généreusement laissaient sur les murs des auréoles couleur de poison.

Après la naissance de son fils Alain, Irolie cessa un peu ses visites qui reprirent dès que l'enfant sut se tenir bien assis dans un petit siège que Centulle rapporta de Bordeaux.

Si elles n'étaient pas au potager, aux vergers, aux poulaillers, à la cuisine, ou encore à trier les bocaux et les réserves dans la vieille resserre encombrée de tonneaux, Amélie et sa belle-mère étaient aux rosiers. Il y en avait des plus anciens, tout le long de la façade, mais Amélie avait ajouté des roses pompons, un peu ébouriffées, qui faisaient des taches brouillonnes entre les portes vitrées qui ouvraient la façade sud.

– Tes roses sont des roses mal fagotées, disait souvent Irolie.

– Ce sont des roses d'ici, répondait Amélie en sortant le sécateur, petit et bien huilé, qu'elle tenait toujours dans la poche ventrale de son éternel tablier à fleurettes noires.

D'un geste machinal, elle taillait une branche morte, puis redressait le lourd chignon noir qui écrasait sa nuque fine et rejetait d'un doigt agacé quelque saleté imaginaire tombée sur sa poitrine. Elle s'en allait alors vers la glycine, sa favorite. Dès juin, au-dessus de la porte d'entrée, la glycine torse se couvrait de grappes mauves, pleines, odorantes, éphémères, tordant son feuillage échevelé en une couronne de bienvenue.

L'arrivée d'Irolie, c'était le signe que le jour et l'ouvrage s'amenuisaient. Aux beaux jours, les trois femmes prenaient leurs travaux de couture, s'asseyaient sur le banc de pierre, fendu et bancal, près de la grande grille que l'on n'ouvrait plus. Elles devisaient là, surveillant du coin de l'œil Froidure et Alain qui vagabondaient, ici et là, soufflant parfois dans les sureaux que Polite leur coupait au bord du Léez. Dans la douceur des rayons de soleil finissants, la longue façade scintillait, les fenêtres semblaient cligner de l'œil, mille feux dorés brillaient entre les contrevents couleur de miel, rebondissant sur les tuiles mal jointes.

– Joseph est comme Centulle, il ne dit rien mais il est ravi d'avoir un fils, répétait souvent la vieille Mme Ardan.

– Joseph est comme tous les hommes ! soupirait Irolie, il remonte le mur de la grange, il rejointe les murs de galets à la manière d'autrefois, il cimente l'étable pour faire l'écoulement à purin... Il se donne tant de mal ; c'est pour transmettre sa ferme à son fils. Et pourtant Centulle nous dit que tout cela est fini..., qu'il n'y aura plus rien à transmettre à nos enfants.

– Non, ce n'est pas possible, pas possible, déclarait

Amélie de son ton résolu. Cela ne se peut pas. On aura toujours besoin de nous, de nos terres et de nos bêtes.

Et les trois femmes, pleines d'espoir et de certitudes confiantes, regardaient descendre sur la vallée les derniers rayons moelleux qui se perdaient dans ses plis.

Puis, quand Irolie avait enfourché sa bicyclette, avec Alain à l'arrière qui lançait de grands au revoir en faisant tanguer la machine, quand ses beaux-parents étaient retirés dans leur chambre, Amélie se glissait dans celle de Froidure, large et froide, avec du papier ocre qui jaunissait par grandes plaques mouchetées de vert. Elle s'allongeait près de l'enfant somnolant sous le gros édredon de satinette vert passé. Elle racontait à mi-voix des histoires d'autrefois, où se mêlaient les bottes de sept lieues, les ossements de la reine Jeanne d'Albret s'entrechoquant par les nuits d'orage, la puissance de la terre, la colère du tonnerre en montagne cognant comme un sourd contre les parois rocailleuses, sonnant comme des tambours au-dessus des têtes apeurées des bergers des estives. Froidure s'endormait, la tête pleine du bruissement des contes, du claquement d'un volet qui battait contre la façade comme une aile d'oiseau mort, de la plainte d'une tuile envolée qui s'abîmait dans les rosiers, du mugissement du vent qui roulait dans le grand rideau de peupliers, à l'est du château. Froidure, sans peur, se remplissait des bruits de la demeure, se roulait en boule sous l'édredon, glissait sa tête sous l'oreiller de plume. L'odeur du vent, du moisi et de l'hiver sortait des plumes et du matelas de laine, lui chatouillait les narines, le faisait éternuer. Amélie se levait alors et descendait à la cuisine faire chauffer de l'eau dont elle remplissait à nouveau les deux bouteilles de terre cuite qu'elle glissait entre les draps. Froidure gloussait, frôlant de ses pieds et de ses mains glacés les bouteilles brûlantes. Hivers ou printemps tardifs, étés orageux ou torrides, les odeurs de la maison gardaient toujours mêlées en elles le parfum endémique des murs moisis et celui, sauvage et âcre, des plantes qui séchaient au grenier, pendues la tête en bas, et dont la poussière tombait en reflets dorés à travers les fentes du plafond sur l'édredon de satin vert.

Polite emmenait parfois Froidure au grenier. L'enfant rampait alors sous les touffes d'herbes séchées, étranges chauves-souris squelettiques, sous l'œil inspiré de Polite qui montait les renifler avec une attention suspicieuse. Tandis que Polite soupesait, triait, faisait sauter quelque feuille d'un coup d'ongle, Froidure faisait fuir un rat, grimpait sur une malle, bousculait un seau plein d'eau oublié sous une tuile cassée, puis passait un œil curieux dans la lucarne d'une des tourelles. Les toits du village faisaient un dallage gris, brun et moussu, des morceaux de draps blancs pavoisaient sur leur corde, des éclats de métal luisaient dans le Léez et toute la mer de nuages tanguait dans le ciel, arrimée au pic du clocher.

Puis Polite sifflait, tenant en main une poignée des maudites herbes qui donneraient le soir même un de ces breuvages d'un jaune verdâtre, amer et âcre dont Amélie détenait l'ignoble secret.

Le soir, elle se tenait près de son fils, bras croisés, jusqu'à ce qu'il eût fini, jusqu'à la dernière larme, sa tisane sauvage. Sous le grand rond de lumière dorée, elle voyait se secouer de colère sa petite tête frisée d'agneau noir au-dessus du grand bol fumant et elle espérait, en silence, avoir la force de faire de son fils un homme qui saurait, à perte de vue, être lui-même.

5.

Un matin, à l'heure où l'on eût dû faire des additions et de la lecture, le maître lisait une leçon de morale qui n'en finissait pas. Lui-même semblait peu inspiré par sa propre lecture, et la classe, faite de moyens-grands qui pouvaient avoir neuf, dix ou douze ans, somnolait, nez morveux étalé sur les manches des blouses, bouche à demi ouverte dans le vide, regard absent suivant les traces noirâtres du plafond ocre ou le vol de palombes qui s'élançaient en grosses boules denses et tournaient autour du clocher. C'était une histoire qui intéressait vaguement les filles. Séverine ouvrait une bouche comme un four, le menton aplati entre les mains, mais, quant à la plupart des garçons, ils bâillaient tout à fait.

Guilhem, assis à côté de Froidure, écoutait d'un air las, jetant parfois un coup d'œil sur l'ami dont il admirait le stoïcisme scolaire. L'apprentissage de la règle de trois et des soustractions horaires plongeait Guilhem dans des abîmes de stupéfaction dont Froidure, parfois, parvenait à le tirer en déployant des trésors de patience. Froidure était le chef incontesté de leur petite bande ; ni problèmes de robinet ni chasse au trésor n'avaient de secrets pour lui. Mais enfin, ce matin-là, Froidure bâillait comme les autres. Franck, un autre de la bande, un peu tassé sur sa chaise, près du poêle, taillait avec une application discrète la case de son pupitre avec son couteau, sous l'œil envieux de Guilhem, qui se souvenait d'avoir laissé son Opinel sur la table de la ferme. Et l'histoire n'avait toujours pas de sens. C'était celle d'une petite fille, très vilaine, à ce qu'il semblait, qui cassait son aiguille en cousant des pièces sur ses robes et ses tabliers. Guilhem bâilla encore un grand coup, faillit lever le doigt, regarda Froidure, que l'hisoire ne semblait pas choquer, puis se retint. Coudre des pièces ! Mais qu'est-ce qu'il croyait ? Pour sûr qu'elle se la cassait, son aiguille ! Coudre des pièces ! Et pourquoi pas un fer à cheval, aussi ! L'histoire n'en finissait pas, la petite cassait toujours ses aiguilles sur ses pièces, les feuilles dorées du grand platane, dont les plus hautes branches touchaient les fenêtres de la classe, s'envolaient par brassées, la maman de la petite décidait alors de dire à sa fillette que l'aiguille était en or ! Un matin, elle lui apporta une nouvelle aiguille, jaune, brillante comme un bijou. Et, comme par enchantement, la petite ne cassa plus jamais son aiguille et les pièces firent merveille sur ses vêtements. Guilhem ferma les yeux, passant un doigt sur son menton maigre et pointu. La petite était peut-être une sorte de gitane, comme celle qu'il avait vue un jour avec son grand-père à la foire de Pau, avec des piécettes de cuivre qui pendaient en guirlande le long d'un châle et d'un foulard cliquetant sur sa tête et ses épaules chaque fois qu'elle avançait d'un pas pour proposer ses paniers. Guilhem entendit vaguement à nouveau le maître forcer sa belle voix grave sur la morale qui parlait de la valeur du travail, quelque chose qui rappelait vaguement *Le Laboureur et ses enfants*, quand on frappa à la porte. Le maître sortit son oignon d'argent de son gilet. Il tenait toujours, avec une certaine coquetterie qui ne manquait pas d'élégance, sa blouse grise ouverte sur son costume. Il fronça les sourcils et se leva pour ouvrir. Un homme large et puissant entra, se découvrant, tournant entre ses mains une sorte de képi d'un vert militaire, puis, ayant marmonné quelques excuses où il était question de retard à cause des petits qui pleuraient pour venir, il tira de derrière lui deux enfants bruns qui baissaient la tête en reniflant.

– Mes enfants, dit le maître, je vous présente Bertrand et Anna Lasclaverie ; ils sont un peu tristes car ils ont dû quitter leur village. Leur papa, qui travaille pour les Eaux et Forêts, vient d'être nommé à Mascaraàs pour s'occuper des bois communaux. Pour les accueillir, nous allons leur chanter notre chanson, notre Charles Trenet favori.

Et, d'un seul mouvement, toute la classe se mit au garde-à-vous dans un grand fracas de chaises qui raclèrent le vieux parquet. Celle de Franck même tomba contre le poêle, qui sonna comme une cloche. Sous l'œil éberlué de la famille Lasclaverie, le maître lança ses grands bras en avant, les ailes de sa blouse battirent comme celles d'un corbeau ; il donna le départ et ce fut un grand envol, un claquement clair et pur de sonnailles, une coulée d'un torrent éclatant.

Mes jeunes années
courent dans la montagne,
courent dans les sentiers pleins d'oiseaux et de fleurs...
Et les Pyrénées chantent au vent d'Espagne,
chantent la mélodie
qui berça mon cœur...

Alors Anna Lasclaverie sécha ses larmes, renifla un grand coup en rejetant ses longues nattes brunes sur son dos. Tout près d'elle, Bertrand ouvrait ses yeux timides et mouillés derrière de grosses lunettes rondes qui lui mangeaient le visage. Il montra une bouche édentée, passa une main sale sur les épis hirsutes de ses cheveux bruns, médusé lui aussi par le chant.

Chantent les souvenirs
chante ma tendre enfance
chantent les beaux jours à jamais finis.
Et comme les bergers
des montagnes de France
chante le ciel léger
de mon beau pays...

Puis, après un dernier refrain, les voix se turent avec une dernière vibration d'une sonorité claire, d'un aigu magnifique, bien qu'un peu tremblé dans les rangs des plus jeunes. Le père, qui avait remis son képi, avait un air de 14 Juillet, les mains plaquées sur le pantalon vert qui sortait des grosses bottes pleines de terre.

Le maître eut un petit sourire satisfait, redressa ses lunettes, lissa sa moustache, bomba le ventre.

– Merci, les enfants, vous pouvez vous asseoir. Anna, tu vas te mettre là, à côté de Séverine. Et toi, Bertrand, là-bas, près de Franck, c'est cela, celui qui ramasse sa chaise, on se demande ce qu'elle fait par terre, par exemple.

Il y eut des petits rires. Séverine sourit à la nouvelle et lui montra tout de suite le cahier du jour. Le frère et la sœur ne pleuraient plus du tout, le père s'éclipsa. Guilhem remarqua tout de suite le regard de Froidure, posé sur les deux grosses nattes épaisses comme des cordes qui oscillaient sur le dos mince d'Anna Lasclaverie. Froidure se pencha vers Guilhem et souffla :

– Chouette, hein, la nouvelle ?

Guilhem approuva. Jolie et fine, le cou délicat, des gestes gracieux. Un peu comme l'idée qu'il se faisait des filles de la ville. Appliquée, la fillette écrivait déjà la date, comptait les carreaux pour le titre, soulignait en empruntant la règle de fer de Séverine. Chaque mouvement de sa tête tirait sur les nattes brunes aux reflets presque bleus. Guilhem songea à nouveau à cette histoire de pièces cousues, au châle sonnant de la gitane sur la foire et, sans plus réfléchir, il leva le doigt.

– Oui, Guilhem ?

– M'sieu, mais on ne peut pas coudre des pièces ! C'est trop dur, c'est normal qu'elle casse ses aiguilles.

Un mouvement de rire secoua la classe, montant et descendant comme une petite vague, du moins parmi les rangs des plus grands, tandis que tout le visage du maître se contractait en une grosse chose rouge et difforme près d'éclater.

– Bougre d'andouille ! tonna-t-il. Tu le fais exprès ou tu fais de l'esprit ! Dans les deux cas, c'est cinquante lignes pour demain ! Entends-tu ? Cinquante phrases différentes avec chacune le mot « pièce » !

Confus, le visage renfrogné au milieu des faces hilares des petits camarades, Guilhem croisa les bras en signe d'hostilité et baissa la tête. Mais, inquiet de la réaction de Froidure, il leva les yeux vers lui. Froidure lui adressa un petit clin d'œil chaleureux et fit glisser son doigt sur son genou gauche, montrant l'énorme pièce noire qui recouvrait toute la toile à ce niveau. Guilhem haussa les épaules et reprit son air boudeur tandis que le maître inscrivait toute une colonne d'opérations à faire. Il avait divisé son tableau en deux parties égales, l'une pour les moyens, l'autre pour les grands.

Froidure soupira en prenant sa plume Sergent-Major qu'il trempa mélancoliquement dans l'encrier. Dehors, le vent de l'automne secouait le grand platane à tête d'or ; l'aboiement d'un chien libre roula derrière l'école, un cri d'homme répondit, suivi par le ferraillement emballé d'une charrette. La plume en l'air, Froidure hésitait toujours. Il se pencha alors vers Guilhem et souffla :

– Ne t'en fais pas pour les lignes, on les fera à deux, il n'y verra rien que du feu !

Mais Guilhem garda son visage abattu. Ses yeux suivirent, dehors, le flot joyeux des feuilles dans le vent.

Une grosse bulle d'encre gonfla au bout de la plume de Froidure et tomba sur le cahier, grosse araignée à mille pattes filiformes qui défigura, à jamais, la page blanche du cahier du jour.

6.

Le temps était comme le Léez, toujours un autre et jamais le même. L'enfance poussait sans savoir car c'était toujours le même maître, dans sa même blouse grise, avec son éternel amour pour la botanique et Charles Trenet, avec sa distribution, à toutes les rentrées, des mêmes cahiers à couverture grise de l'école publique.

Polite venait souvent le soir, à la sortie de la classe, chercher Froidure et ses amis. Il avait son grand bâton, son béret sur la tête, sa papier-maïs à la bouche, et s'en allait par la grand-rue, poussant devant lui son petit troupeau d'enfants.

Il y avait Froidure qui marchait en tête, suivi d'Anna et de Bertrand. Angèle, leur mère, douce et soumise au képi vert, était heureuse de voir ses enfants aller faire leurs devoirs au château. Il y avait aussi Franck, fils des derniers métayers de Mascaràas, et Guilhem, un peu plus âgé. Ses parents, les Daugas, dont il était le fils unique, possédaient une exploitation de taille moyenne et œuvraient pour implanter dans le pays de nouvelles vaches, des blondes d'Aquitaine qui faisaient sur les pâturages de larges taches claires. Guilhem en était très fier. Quand un zéro achevait de défigurer un cahier, il se consolait en disant qu'un jour ses bêtes blondes couvriraient les pâturages de toute la vallée. De toute la petite bande, c'est Séverine qui manquait le plus à l'appel, restant souvent à l'épicerie-buvette de son père, un veuf qu'elle devait, trop souvent à son goût, aider avec sa sœur lorsque les hommes revenaient des champs, tapant le carton et avalant un petit madiran sur le zinc. Le cœur crevé, son petit cartable de carton bouilli entre ses jambes maigres, elle voyait s'éloigner dans la grand-rue la petite troupe qui montait vers le château. Le plus longtemps possible elle regardait Froidure, qu'elle trouvait si beau avec sa tête de mouton frisé, ses épaules fortes et ses pommettes mates et hautes qui faisaient dire à Amélie qu'il avait une tête de petit moujik. Séverine ne voyait pas bien ce que pouvait être un moujik mais, les larmes aux yeux, elle le regardait s'éloigner, à jamais lui semblait-il. Seul le bruit de la sonnette accrochée à la porte saluait son entrée dans l'épicerie.

En arrivant au château, les enfants prenaient d'abord soin de se renseigner sur le docteur Ardan. S'il était là, il surveillait lui-même les devoirs, faisait réciter les tables de multiplication ou les leçons d'histoire, ayant toujours l'air personnellement blessé par la victoire de Jules César ou la mort de du Guesclin. Heureusement, même lors de ses visites, il était souvent appelé pour une épaule démise, une chute de tracteur, un coup de faux malencontreux ou un accouchement difficile.

Plus généralement, les enfants se ruaient à la cuisine, avalaient leurs tartines de pain beurré et filaient organiser l'enlèvement de la princesse Anna, généralement victime d'infâmes pirates qui n'avaient de cesse que de la jeter à fond de cale, dans la resserre. La voix de la grand-mère leur conseillait à chaque fois de ne pas aller jouer dans la chambre du fond car le plancher était pourri, mais justement, par le sol béant, on pouvait accéder directement à la resserre en se laissant glisser sur les tonneaux entassés.

Anna attendait donc l'arrivée de son sauveur, coincée entre barriques et tonneaux qui sortaient de l'ombre leurs panses menaçantes. Noirs et ventrus, ils sentaient la lie de vin et le moisi. Leur amoncellement fragile semblait toujours près de s'effondrer, de rouler sur la prisonnière ; celle-ci sentait venir avec délice la menace d'une véritable apocalypse de tonneaux, un cataclysme de barriques, une révolution de futailles. Entendant au loin les ululements sauvages des pirates qui se poursuivaient, elle sentait vibrer les étagères chargées des bocaux aux couleurs passées, pleins des trésors du verger et du potager, mais elle soupçonnait aussi les chairs rosées des foies de trembler étrangement dans les reflets dorés de leur graisse d'oie. Une odeur forte de terre et de pourriture montait du sol où, sans ménagement, Guilhem ou Franck l'avait projetée. Le nez contre un tonneau, les mains ficelées dans le dos, tâtant la chair molle et graisseuse du sol, bercée par les parfums entêtants du lieu, elle s'endormit même un jour. Furieux, Bertrand, qui était un traître à la solde des pirates et avait fait prisonnier Froidure, se mit à crier : « C'est pas du jeu ! Tu dois avoir peur et crier ! Non, mais ! »

Une autre fois, ils jouaient dehors, changeant de cachette, dans les bordes derrière le château. Alors qu'elle se cachait avec Froidure, elle tomba dans les ronces. Elle pleurait et tenait son poignet gauche saignant. De longues larmes rouges glissaient de son poignet sur sa jupe déchirée et ses genoux couronnés. Froidure courut vers elle, voulut lui prendre le poignet, mais elle pleura encore plus fort et le repoussa avec un geste d'animal souffrant. Il resta interloqué, les yeux inquiets.

– Je vais mourir, sanglota-t-elle.

– Mais pourquoi ? demanda Froidure, éberlué.

– Tu sais bien que quand on se blesse au poignet le sang coule, coule de tout ton corps et tu meurs, voilà ! Le maître a expliqué cela, un jour.

– Mais ce n'est pas possible ! s'insurgea Froidure.

– Et pourquoi donc, monsieur je-sais-tout ?

– Parce que... répondit Froidure en attrapant le bras de force.

Et il pencha la tête vers le poignet, scruta la peau tailladée et soudain ses lèvres burent le sang qui coulait, sa langue lécha la peau déchirée. Anna eut un gémissement, sa plaie brûlait sous les lèvres, ses écorchures tremblaient sous la langue douce. Mais elle renifla et sécha peu à peu ses larmes. Sa main libre se posa alors sur la tête bouclée penchée sur elle. C'était doux et ferme en même temps, moelleux et résistant, c'était à peine si ses doigts minces pouvaient se glisser dans la tignasse épaisse et rebelle. Puis Froidure releva la tête, les yeux toujours fixés sur les plaies.

– Tu vois, ça ne saigne plus.

Elle renifla encore une fois, pour la forme, étalant sur son visage des traces noires avec sa main droite.

– D'ailleurs, tu ne peux pas mourir...

– Et pourquoi, je te prie ? Je suis comme tout le monde, répliqua Anna, pleine de logique.

– Non, tu es à moi et tu ne peux pas mourir !

Flattée, Anna lui décocha un petit sourire pointu.

– D'abord, je ne suis pas ton chien, ou une poupée, je ne suis à personne.

– Si, répondit Froidure, très sérieux, tu es à moi et, moi, je suis à toi.

– Bon, très bien, dit enfin Anna après un certain temps de réflexion, mais alors, il faut le dire à Franck, parce que, à la récréation, il a essayé de m'embrasser.

– *Hilh de pute !* gronda Froidure, tu parles que je vais lui expliquer, oui, avec mon poing sur la gueule !

– D'accord, dit encore Anna en se relevant, mais ne tape pas trop fort, sinon Polite te fouettera.

Main dans la main, ils remontèrent vers le château où déjà les cris des autres garçons résonnaient, les accusant de rester cachés trop longtemps. Le soleil baissait à l'horizon, tirant sur la vallée ses rayons doux et moelleux.

Puis, sans même avoir besoin de consulter l'horloge, Polite poussait un grand cri, moitié bête, moitié humain. Où qu'ils fussent, tous, ils abandonnaient en un instant pirates et princesses, ramassaient les cartables au passage et allaient dans la grande salle. Polite allumait son éternelle papier-maïs, lançait une bonne flambée dans la cheminée, s'asseyait sur une des chaises, face à l'âtre, son bâton de coudrier toujours à la main. Chacun sortait cahiers et crayons. Froidure faisait le problème puis le passait à tout le monde. Anna faisait la conjugaison et la passait également aux autres, qui la recopiaient sur leur propre cahier. Mais, quand il y avait à faire l'illustration d'un poème, c'était aux garçons de se débrouiller avec les conjugaisons et les exercices de M. Bled, car alors, au milieu de tous ses crayons, pastels gras et secs, petite gouache odorante dans une boîte de tôle, Anna se lançait, sous les yeux émerveillés de chacun, dans la peinture. Sa petite main osseuse, aux longs doigts fins, prenait alors une vigueur que ses camarades ne soupçonnaient pas. Béats, bouche ouverte, dans un silence religieux qui inquiétait même Polite au point qu'il se levait et venait passer sa grosse tête de hérisson au milieu de celles des enfants, tous regardaient dessiner Anna. Le crayon d'Anna roulait, coulait, plongeait dans un abîme mystérieux dont il tirait des courbes, des formes, une aile d'oiseau, le museau d'un renard, la fumée grasse d'une cheminée, un ciel d'automne. Telle une magicienne, elle faisait sortir de ses doigts tous les loups et tous les moutons, hérons, laboureurs et rois, chênes et roseaux, tout un peuple végétal et animal, palpitant, robuste, qui vivait sur les pages blanches. Chacun avait droit pour son poème à un détail, à une modification personnelle.

– Anna, fais-moi une belle queue bien touffue... Anna, mets plus d'or dans son œil, et plus de nœuds dans le bois... Et plus de mousse sur le mur... Et fais le vermisseau plus gros et plus gras.

Anna rajoutait, fignolait, fronçait son nez pointu sur le bleu outremer qui l'enchantait, sans oublier la chair du terre de Sienne pour laquelle elle avait une tendresse particulière. Anna mettait de l'ombre et de la lumière, du jour et de la nuit. Admiratif, les doigts pleins d'encre, Froidure regardait les doigts d'Anna lâcher soudain le crayon puis se servir du bout de ses doigts et étaler, comme une glaise souple et complice, le trait pour le faire brume, le pâté de couleur pour le faire brouillard, le ton trop forcé pour le rendre plus fluide.

Enfin, Anna se relevait, tirait sur ses reins une fois la besogne achevée, ouvrait ses paumes multicolores, et tous applaudissaient. Polite, émerveillé, allait alors chercher les grands-parents et Amélie qui s'exclamaient avec sincérité.

Guilhem passa même à Anna sa première commande de peintre. Il voulut un beau dessin au fusain rouge.

– À la sanguine, reprit Anna.

– Si tu veux, à la sanguine, un beau dessin du taureau de mes parents. C'est un beau taureau, tout jeune et tout neuf, mais déjà vaillant, avec un cou comme une forteresse.

Anna promit de monter à bicyclette un jeudi après-midi et de s'atteler à la tâche, dans le champ des Aquitaines. Elle ferma les yeux, imaginant déjà le taureau comme un château fort.

Guilhem se frottait les mains.

– On va les lui presser, ses couilles, au taureau ! On va vendre ça dans tout le pays et on sera riches.

– Les paysans ne sont jamais riches, répondit

Froidure, se souvenant des soirées que sa mère et son grand-père passaient au-dessus des livres de comptes, les traits tirés par la fatigue et l'inquiétude.

– Si, si, tu verras ! Un jour, je vendrai mes blondes dans tout le pays !

Puis tous regardaient à nouveau les beaux dessins. Tous étaient heureux alors, débarrassés des fractions, des règles de trois et de la Déclaration des droits de l'homme et du citoyen. Ils contemplaient, dans les cahiers ouverts, toutes les couleurs de leur vie, étalées entre les fables, vivantes comme la terre, vivantes comme le Léez, mélodies ronflantes de mots sévères, mais mélodie des couleurs qui étaient celles de leur vie et de leur pays.

Une fois le jour tout à fait tombé, une fois achevée la dernière flambée des devoirs, Anna et Bertrand s'en retournaient à pied, passaient le pont en faisant de grands signes d'adieu comme s'ils ne devaient pas se revoir de sitôt. Et Franck et Guilhem bondissaient en entendant le couinement du tracteur Diesel de l'un des pères ou la carriole de l'autre.

Une fois les camarades partis, Froidure se glissait dans la cuisine, se frottait aux jupes de la grand-mère et d'Amélie qui s'activaient pour le souper. Grand-père ouvrait alors *La République*, rajustait ses lunettes et commentait les nouvelles. La grosse cuisinière à bois rougeoyait de toutes ses plaques de fonte, et Froidure, les coudes sur la table, fixant les fumerolles qui montaient vers le plafond noir de suie, songeait à la douceur de la peau d'Anna, à ses belles nattes épaisses, vivantes, palpitantes comme un cœur d'oiseau quand on le tenait, tombé du nid, entre les paumes.

Le temps était à la porte du domaine, roulant

comme le Léez, comme un gros muscle lourd les enserrant peu à peu. Le temps comme le Léez glissait près d'eux et se perdait à jamais.

7.

Il y eut un printemps plus précoce qu'un autre, le plus doux que les terres aient connu depuis longtemps. Ce fut aussi le plus doux de tous les printemps parce que ce fut le dernier printemps de l'enfance. C'était l'année des adieux au maître, à la petite école du village, et cela sonnait comme un glas. Ils le savaient tous et n'en parlaient pas. Ni Séverine qui n'irait nulle part après le certificat et resterait à l'épicerie-buvette, comme sa sœur ; ni Guilhem, le plus âgé de tous, qui avait mis trois ans pour décrocher le certificat et qui, malgré les conseils du maître, ne voulait plus entendre parler d'école, même agricole.

– Ah non ! s'écria-t-il quand Froidure tenta de le convaincre. Non ! Un paysan, c'est un paysan, dit mon père. Et je ne veux plus entendre parler des trains qui partent de Paris pour arriver à Bordeaux à des heures pas chrétiennes, qui font du deux cents à l'heure, qui ont huit wagons, deux motrices et trois cents mètres de long et le prix du billet, *hilh de pute*, il peut se les garder ses vingt pour cent de réduction... Ah non, tout ça, c'est fini pour moi !

Guilhem resterait désormais à la ferme avec ses parents pour s'occuper des aquitaines. Quant à Franck, à Bertrand, à Anna et à Froidure, ils iraient au collège de Pau. Froidure sentait qu'il aurait dû insister auprès de son ami Guilhem, mais lui-même était déjà fatigué d'entendre son père triompher de le voir quitter son « école de bouseux » pour enfin entrer dans un « collège sérieux », et il ne trouva pas les mots pour faire choisir cette vie-là à Guilhem.

Et puis, bien sûr, ils se verraient encore, les samedis et les dimanches, mais c'était un gros morceau de l'enfance qui était en train de tomber, comme une branche morte.

Un après-midi de ce dernier printemps de l'enfance, le maître fit les gestes qu'ils espéraient tous : il eut un petit frottement satisfait de la gorge, enleva sa blouse grise, la posa sur sa chaise, puis ouvrit le placard du fond de la classe, en sortit ses godillots à lacets, sa canne à champignons et sa veste de botaniste, comme il disait.

– Les enfants, dans le calme et la discipline, en avant, deux par deux, pour la chasse au printemps !

Les préposés aux herbiers se précipitèrent sur le matériel, tandis que les autres se ruaient dans le couloir sur les capes et les manteaux et descendaient l'escalier de bois avec une discrétion de hussard.

Puis le maître, béret sur l'oreille, veste de velours au vent, lança sa canne en avant et prit la tête de sa troupe pour l'amener à la sortie du village. Dès la route de Garlin passée, ils entonnèrent alors, tous à tue-tête, *Mes jeueueunes années, couououurrrrent dans la montagneeee... courent dans les sentiers pleins d'oiseaux et de fleurs... et les Pyrénnnnnnnnnéééées chantent au vent d'Espaaaaaagneeeeee...*

À grandes enjambées de poulains fringants, ils longèrent les labours en leurs dernières dormances et cherchèrent rapidement le chemin des collines et des bosquets. Les plus grands fouinaient de droite et de gauche, les plus jeunes, près du maître, suivaient les grands gestes de sa canne qui tapait sur un tronc, sondait un talus, dessinait une interrogative indirecte sur la présence encore vive d'un blaireau ou d'un renard dans son trou.

Ils descendirent peu à peu dans les replis silencieux du vallon, moelleux et secret comme un giron, tendre comme une peau, vers le mystère chaque fois renouvelé de cette union de la terre, de la rivière et des arbres. Silencieux soudain, en entrant dans le premier bosquet, attentifs aux moindres gestes du maître, ils observèrent son front plissé de détective agricole, sa bouche sérieuse et méditative de pédagogue inspiré.

– Les enfants, je le sens... *Elle* est là...

Les plus jeunes se resserrèrent. Froidure en profita pour s'approcher d'Anna et tenir à pleine paume l'une de ses nattes.

– Qui ? murmura enfin une petite voix.

– Chut ! gronda le maître, le nez en l'air.

L'instant frôlait le moment historique.

– L'Âme du printemps, articula enfin le maître, qui ne détestait pas les accents hugoliens.

Et, tous les ans, c'était le même miracle. Préparait-il ses découvertes, avait-il passé quelques soirées à fouiner, à dénicher la surprise du printemps, croyait-il en sa bonne étoile ? Tous les ans, la canne s'abattait comme le bâton de Moïse et tapait sur un coin secret, un talus moussu, un coin obscur palpitant le long de la rivière, un pan de feuillage aux bourgeons encore tout chiffonnés. Puis il relevait la canne, tirait de son bout ferré un pan de nature comme un pan de rideau de théâtre, et, dans un tressaillement de hautes herbes, dans un frissonnement de roseaux dérangés, une merveille apparaissait.

Cette année-là, ce fut un nid. Pas un nid d'alouettes et de palombes comme cela était déjà arrivé, un nid de cétoines dorées. En botanistes experts et rodés à tous les mystères des coléoptères, les enfants s'étaient tous aplatis, tassés comme une portée de chiots, tendant le cou vers le nid de la famille de cétoines, frais comme des œufs du jour, éclos de la veille. C'était une belle famille de coléoptères, les préférés du maître, des insectes magnifiques, bijoux dorés, trésors cachés dans un pli de la terre, dans une de ces plaies ouvertes vers le ciel, bousculée par le vent, que l'œil sagace du maître avait su dénicher.

Elles étaient là, les cétoines dorées, comme une dernière offrande de la terre à l'enfance, grouillantes et mordorées, avec leurs belles carapaces bombées comme un ongle, agitant leurs pattes griffues et leurs antennes cillées, infimes escarboucles de feu qui flanquaient leurs minuscules têtes. Elles dansaient, inquiètes soudain de ce gros nuage humain abattu sur leur territoire. Les petits tentaient déjà d'ouvrir leurs élytres mais les parents seuls, comme un fruit turgescent, firent éclater leur bogue dorée.

Le souffle coupé, les enfants observaient. Bertrand avait même sorti sa loupe. Froidure, le nez dans le cou d'Anna, respirait l'odeur de sa peau, l'odeur moussue des taillis et se laissait aller à une torpeur béate. La substance épaisse d'un jour diffus tombait sous les frondaisons, tombait en plaques de lumières éclatées sur leurs épaules, sur les cailloux verts de la rivière.

– Eux, c'est pas de vulgaires bousiers, murmura un enfant.

– Ne nous moquons pas des bousiers, répondit

doucement le maître. À chacun son ouvrage selon son courage. Mais, bien sûr, cette cétoine, c'est un chevalier, que dis-je, un prince, digne de l'adoration des Égyptiens ! Allons, les enfants, cette leçon de choses n'était que pour la beauté de la découverte. Laissons en paix ces bêtes millénaires. Elles sont un bon présage pour vous, et en particulier pour ceux qui vont quitter notre école cette année.

La canne du maître rabaissa le rideau d'arbres et les branches cachèrent à nouveau le nid sacré des coléoptères dorés. Froidure sentit trembler tout le dos d'Anna. Elle eut un soupir, une vivacité fugitive de tous ses muscles. Il crut même qu'elle étouffait un sanglot.

– On n'en prend même pas un petit, pour la collection ? demanda un garçon.

– Non, pas aujourd'hui, dit le maître, se redressant en poussant sur ses genoux douloureux. Notre forêt, encore si vive en bêtes, ne nous pardonnerait pas de séparer cette belle famille. C'est notre première visite depuis l'hiver, restons sages.

Et la petite troupe reprit sa marche, toute redressée par la fierté d'un secret détenu pour l'éternité.

Pendant un moment, la troupe s'allongea le long de la rivière, se dispersa un peu sous les bosquets. Ordre était donné de trouver un nid, rond, chaud, plein d'œufs ou à peine éclos, avec, bien sûr, interdiction d'y toucher.

Derrière les feuillaisons, la lisière de la forêt faisait une marque sèche comme un coup de règle, cinglante sur les labours encore nus. Perdus dans le lointain, des peupliers encore dénudés agitaient leurs hautes branches, tel un appel discret, devant un horizon bosselé de collines douces.

– Regarde, dit Froidure à Anna, là-bas, ce creux au pied des peupliers, ça me semble un bon endroit pour cacher des petits faisans.

– C'est trop loin, dit Anna.

Derrière eux, dans le petit bois, la troupe d'élèves égaillée dérangeait pies, merles et geais aux ailes bleues qui lançaient leurs virevoltes dans le ciel. Les oiseaux avaient l'air de se chamailler puis piquaient droit dans le ciel clair et mouillé du printemps, tous vers un même point, et, soudain, tout le vol s'abattait et chacun semblait retourner à ses affaires.

Froidure déjà entraînait Anna à travers les labours. Inquiète, elle se retourna.

– Non, pas par là, nous n'avons pas le droit, nous abîmons les semis.

– On s'en fout ! gronda Froidure en accélérant le pas. Ils m'ennuient, ces céréaliers, à compter leurs grains comme des louis d'or. Moi, ce que j'aime, c'est les bêtes.

– Ton grand-père fait pourtant de la céréale ! répliqua Anna.

– Comme tout le monde dans le pays, ils sont tous pour le maïs ! Mais grand-père a tort ! Moi, dès que j'aurai le domaine, j'aurai des bêtes, rien que des bêtes.

– Lesquelles ? Des aquitaines, comme chez Guilhem ?

Froidure haussa les épaules.

– Je ne sais pas. Pas encore.

Ils marchèrent longtemps à travers les labours, les pieds lourds de terre molle et grasse. Enfin, ils arrivèrent sous le rideau de peupliers et un grand silence les étreignit. Ils grattèrent leurs bottes contre des pierres, contre les troncs des arbres, oublieux déjà de la consigne.

– Allons par là, longeons ce pli.

Anna suivit Froidure. Le vent léger et humide du printemps faisait gonfler sa jupe. Elle lui donna de grandes claques pour la maintenir contre ses cuisses. Froidure avançait à grandes enjambées vives, s'arrêtant parfois, humant l'air comme un chef de meute, puis hochait la tête et repartait. Soudain, il bifurqua, quittant le rideau d'arbres, et attaqua un coteau pentu qui se tenait près d'eux, raidi dans une sorte de soubresaut convulsif de la terre, secouant sur ses épaules massives bosquets et taillis fournis où perlait une pluie de bourgeons tout neufs. Arrivés sur la crête, Froidure prit Anna par la main et l'entraîna sur l'autre versant, dans une descente vive où roulaient des caillasses blanchies et des branches mortes qui leur griffaient les mollets.

– Pas si vite ! hoqueta Anna.

Soudain, Froidure s'immobilisa, tirant sur le bras d'Anna pour l'empêcher de rouler dans la pente.

– Regarde, là !

Et Froidure tendit un bras frémissant. Devant eux, parmi les arbres renaissants, se découpait un mamelon dodu, couvert d'un velours vert et tendre au milieu de toute une petite famille de collines bien serrées. Au cœur de la plus verte et de la plus claire des collines, un troupeau de moutons paissait tranquillement.

Combien étaient-ils ? Cent, cent cinquante, côte à côte, tête contre tête contre derrière, en une grosse pelote de laine serrée dont la blancheur dorée, ocrée, scintillait dans les rayons du soleil.

– Sont-ils beaux ! murmura Froidure, le souffle coupé.

Tout son visage éclatait d'une joie silencieuse. Il passa ses deux mains dans sa tignasse bouclée, tirant sur sa chevelure comme pour y cacher l'excitation qui bouillait en lui.

– Regarde, ce sont des brebis, elles ont leurs petits avec elles. Ce doit être leur première sortie.

En effet, entre les brebis, des petits, au pelage duveteux, aux pattes longues et frêles, aux nez roses et tremblants, se cognaient contre les mères, cabriolant les uns sur les autres, puis, parfois un peu secoués par le choc ou étonnés de tant d'audace, ils rentraient dans le gros corps dodu et moelleux.

La vue des petits attendrit Anna.

– On dirait des peluches. Viens, on s'approche.

Mais déjà les bêtes avaient senti la présence étrangère et d'un seul mouvement toutes les têtes blanches, aux puissants chanfreins busqués et tachés de roux, se redressèrent, figées soudain dans l'inquiétude.

– Elles ont des cornes, dit Anna sentencieusement. Donc, ce ne sont pas des Manech.

– Tu en sais sur les brebis ! souffla Froidure, admiratif.

– D'ailleurs, les Manech, ce sont des basques, alors, tu penses, un Béarnais, il ne va pas élever des basques.

– Et comment tu sais tout ça, toi ?

– Par un cousin de papa qui travaille à la coopérative d'Ordiap ; il vient nous voir de temps en temps et il parle des bêtes. Voilà, j'ai retenu les noms.

– Et alors, celles-ci, elles sont quoi ?

– Des basco-béarnaises.

– Il y a du basque, quand même ! ricana Froidure.

À cet instant, un petit, avec des pattes de faon, des oreilles de coton et un nez comme un bouton de rose, se détacha du troupeau. Il fit quelques bonds en avant puis en arrière, il semblait tellement monté sur des ressorts, baissant sa tête combative et dressant ses sabots couleur miel, que Froidure et Anna éclatèrent de rire. Stupéfait, l'agneau s'immobilisa puis fonça vers le troupeau qui, d'un seul bloc, se rua à l'autre bout du pâturage. Les enfants furent surpris par la puissance d'un troupeau si paisible. Un trépignement terrible de sabots fit résonner la colline comme un tambour. Ce fut comme un orage de montagne éclatant contre la paroi, furieux et sourd, le bruit de l'affolement irraisonné de toute une meute blanche, alourdie par le poids des petits qui suivaient le train en roulant et en faisant des cabrioles. Puis, tout aussi soudainement, une fois porté à l'autre bout du pâturage, le troupeau s'immobilisa. Il resta encore bien joint, méfiant ; toutes les têtes sérieuses se tournaient encore vers les enfants immobiles, bousculées seulement par les mouvements brusques des petits qui rejoignaient le ventre laineux des mères rassemblées.

– Elles sont jolies mais pas malignes, marmonna Froidure. C'est peut-être parce qu'elles ne me connaissent pas.

Anna et Froidure avancèrent à nouveau, passèrent sous les arbres aux branches basses mais furent arrêtés par une longue clôture qui hérissait ses griffes métalliques sur des pieux d'un bois gris et dur.

– Ah, du grillage, c'est pour cela qu'il n'y a ni homme ni chien... Je me demande à qui est ce troupeau.

– On a tellement marché. D'ici à ce qu'on soit

arrivés à Lannecaube. Que va dire le maître ! s'écria Anna.

– Et mon père, alors ! Pour une fois qu'il est là...

Anna et Froidure se reprirent par la main et repartirent vers les labours de la vallée, dorés, mouchetés de vert, que l'on voyait des collines où les enfants se trouvaient, comme de jolies pièces de drap étendues, se chauffant aux rayons du soleil qui déjà basculait sur l'horizon.

Froidure se retourna une dernière fois vers le troupeau qui semblait de pierre et de sel, immobile dans son coin d'herbe neuve.

– Adieu, mes petites, soupira-t-il en songeant aux cent lignes qui l'attendaient et au coup de baguette paternelle qui viendrait sans doute souligner la faute.

– On pourra toujours dire qu'on a fait comme les vaches, qu'on a divagué, qu'on s'est perdus, soupira Anna.

– Oui, reprit Froidure en accélérant le pas, on pourra toujours.

8.

La punition fut à la hauteur de la crainte, des cent lignes du maître au coup de baguette de coudrier de Polite, soulignés tard dans la soirée par les coups personnels du docteur Ardan.

Toute la soirée se passa sous les pires auspices. Tout d'abord, à cause des cent lignes de Froidure et de sa raclée, on mangea fort tard, ce qui mit grand-père, qui devenait un peu maniaque, d'humeur chagrine. Polite boudait près de la cheminée, furieux au fond d'avoir fait usage de sa baguette de coudrier, refusant de desserrer les dents. Les cent lignes une fois terminées, ce fut le moment que choisit Centulle Ardan pour rentrer. Lui aussi était maussade ; l'accouchement pour lequel il était allé aider le vieux docteur du pays avait été long et angoissant, et il craignait que l'enfant n'ait subi des dommages irrémédiables. Quand Froidure eut fini de raconter une nouvelle fois son escapade, ce fut avec une rage froide que Centulle Ardan jeta son fils à plat ventre sur la grand-table, attrapa la baguette de coudrier, toujours près de l'âtre, et lui en flanqua quelques coups sur les reins. Amélie et la grand-mère reniflaient au-dessus de leurs casseroles, grand-père et Polite étaient sortis dans le jardin. De rage, le grand-père en parlait même patois, ce qu'il ne faisait plus depuis des années, par respect pour l'école de la République.

– Si c'est possible ! Mon fils..., mon propre fils ! *Lou me hilh ! Macareù de macareù ! Que ce bastard me hè cagà !* Il fait chier ! Et ne me dis pas le contraire ! *Et ne-m dises pas lou countràri !* cria-t-il sur Polite qui ne disait rien. *Caràhou de caràhou !* la pire des rosses ! Et *rucoù*... Oui, trop dur, *rucoù ! rucoù ! U machàn rùcou !*

Quand ils furent tous autour de la table de la cuisine, chacun resta muré dans ses pensées et ses rancunes. Amélie s'en voulait de ne plus laisser à Centulle que d'aussi rares et inopportunes manifestations de sa paternité. Cependant, Froidure faisait assez bonne figure, décidé à ne plus laisser échapper aucun sanglot. Il était parvenu à retrouver une voix normale et même à demander le pain à Polite, qui baissait toujours le nez dans son assiette, quand la grand-mère ouvrit le four de la grosse cuisinière de fonte et en sortit un large plat de terre qu'elle posa sur la table. Le visage de Froidure se figea. Dans le jus, rôtis à point, sous une peau craquante qui laissait éclater des pétillements joyeux, deux petits gigots d'agneau gisaient sur un lit de haricots verts. Ce n'était pas la première fois que Froidure mangeait soit des poulets qui avaient picoré sous ses pieds, soit des lapins à qui il donnait de la luzerne chaque matin dans leurs clapiers, ni même du gigot. Mais, ce soir-là, il crut voir sous ses yeux l'agneau qui avait si joliment gambadé devant lui, gisant dans son sang. Il revit les pattes de faon, le museau de rose, les oreilles de coton tandis que sa grand-mère, soucieuse d'alléger l'atmosphère, racontait avec force détails la bonne affaire qu'elle avait faite au marché. Centulle, le visage un peu moins fermé, s'était levé et, armé du grand couteau et de la longue fourchette à deux dents, commençait à découper le premier gigot. Un sang rosé gicla de dessous la lame.

– On pourrait tout aussi bien se passer des bouchers et maquignons, continuait la grand-mère, ces gens-là égorgent les paysans et s'engraissent sur notre dos. La famille Labatut ferait aussi bien d'organiser des ventes directes, comme ce matin, on pourrait même choisir sur pied...

Un gémissement douloureux l'interrompit. Centulle resta le couteau en l'air. Tous les visages, stupéfaits, se tournèrent vers Froidure. C'était comme un bruit de larmes qui sortait de lui, mais les larmes ne coulaient pas.

– Tu as encore si mal ? demanda Amélie.

– Voilà ! Tu lui as cassé quelque chose ! s'exclama le grand-père, tandis que Polite blêmissait sous sa barbe hirsute.

Mais Froidure secoua la tête, tout le visage contracté sur des pleurs muets.

– Mais qu'as-tu donc, enfin ? finit par dire Centulle, lâchant couteau et fourchette, faisant le tour de la table.

Il s'approcha de son fils, lui tâta le cou, le dos, tandis que Froidure laissait échapper une sorte de râle animal. Il chassa la main de son père d'un mouvement brusque des épaules.

Amélie se leva à son tour, murmurant malgré elle :

– Une tisane, peut-être...

Mais elle se tut en voyant le regard furieux de son mari.

– Froidure ! gronda Centulle, calme-toi seul, sinon c'est moi qui le fais.

Buté, le visage muré, la bouche durcie dans un pli ulcéré, Froidure n'était plus qu'un tremblement douloureux. Alors Centulle Ardan attrapa le pichet de terre sur la table, prit dans une main la chevelure noire de son fils et de l'autre lui vida le pichet d'eau froide sur le visage.

Les deux femmes poussèrent un cri, une chaise tomba. Polite s'était levé aussi, poings tendus. Froidure, soudain silencieux, contemplait, stupide, l'eau qui ruisselait de ses cheveux sur ses épaules, sa chemise et ses mains.

La grand-mère s'était déjà précipitée avec un torchon et frictionnait la tête de son petit-fils.

– Une explication, maintenant ! ordonna Centulle en arrachant le torchon des mains de sa mère.

Froidure se leva à son tour, désignant d'un coup de menton rancunier les gigots qui refroidissaient.

– C'est l'agneau, là..., comme celui que j'ai vu, si

joli, c'est tout, c'est... rien, rien... Je ne le referai plus..., plus jamais. Je m'habituerai.

Et ses grands yeux sombres se plantèrent dans les yeux de son père, soupçonneux soudain, étreint par une crainte nouvelle. Qu'avait donc ce gamin à se soucier de moutons ? Il était décidément bien temps qu'il aille au moins à Pau, au collège, se dégrossir de ses mauvaises manières de petit terrien sauvage !

Centulle se rassit.

– L'incident est donc clos. Mère, voulez-vous remettre le plat au four quelques instants, c'est meilleur chaud.

Polite s'était rassis. Immobile, le visage de pierre, il fixait son Opinel sans mot dire. Amélie n'osa pas proposer à Froidure de se changer ; elle regarda son mari avec une attention si soutenue qu'il finit par lâcher un « monte dans ta chambre vite fait et passe une chemise sèche ». Personne ne parla pendant son absence. La grand-mère fourbissait son feu à grands coups de tisonnier, le visage chagriné par cette débâcle culinaire. Quand Froidure revint enfin à table, elle put sortir à nouveau le plat. Le sang ne sortait plus des découpes déjà faites. La peau avait pris des teintes sombres, presque noires, et craquait par endroits comme celle du pain. Les haricots avaient l'air d'allumettes consumées. Centulle se leva à nouveau et officia sans un mot. À son habitude, il servit sa mère, sa femme, son père, Polite, Froidure et lui-même en dernier. Froidure, le visage contracté mais le geste ferme, mastiqua et avala chaque bouchée avec un soin de goûteur. Une fois l'assiette vide, il hésita un instant, but une gorgée d'eau puis tendit à nouveau son assiette.

– C'est très bon, grand-mère, j'en reprendrai, s'il te plaît.

– Avec plaisir, mon petit, marmotta la vieille dame en évitant de regarder son fils.

Plus tard, alors que Centulle bouclait sa valise avant de reprendre la route de Bordeaux, Amélie l'observait, silencieuse. Elle songea qu'elle se sentait, ce soir plus qu'un autre, étrangement fatiguée.

– Amélie, il est encore temps d'organiser notre vie à Bordeaux pour que Frédéric aille dans un bon collège.

Amélie soupira en tendant deux serviettes propres et deux chemises repassées à son mari.

– Il n'est plus temps de rien, Centulle. Le temps est passé, le temps des enfants que nous aurions pu avoir, le temps des cochons dont j'aimais m'occuper et que tu as vendus...

– Ce n'était pas un travail pour toi, ce fumier, cette porcherie digne du Moyen Âge.

– Il n'y avait aucune honte à cela. C'est ce que tu as toujours refusé de comprendre, et c'est ce qui nous sépare.

Centulle ferma la valise d'un geste sec.

– Regarde la crise de ce soir ! Quelle sensibilité ridicule ! Tout cela pour du bétail ! Une bonne formation scientifique aurait une excellente influence sur cet enfant. La terre fait de lui un émotif ! Un de ces jours, il va se prendre pour Lamartine et écrire des poèmes sur le Léez.

– Où serait le mal ? soupira Amélie.

– Nulle part, effectivement, si ça pouvait lui donner l'idée de jouer les plumitifs à Paris !

– Lui souhaites-tu un métier de misère, rien que pour l'inciter à quitter Mascaraàs ?

– Le métier de misère, c'est celui de paysan ! Même cette petite Anna, qui dessine si bien et veut être peintre, elle sera moins misérable qu'un paysan dans dix ans ! Anna, elle, ira à la ville, tu peux me croire. Alors, espérons qu'à défaut de son père mon fils écoutera ses amis !

Ils descendirent l'escalier en silence.

Arrivé dans l'entrée, Centulle ne put s'empêcher de pester encore, comme à chaque fois qu'il passait dans l'entrée obscure. Amélie se dépêcha de craquer une allumette, mais son mari était déjà dehors et marchait à grands pas vers sa voiture.

Il lança sa valise sur la banquette arrière, et, quand il se retourna, elle était là, derrière lui, si mince et si petite, si pâle dans la lumière crue qui tombait de la pleine lune qu'il fut étreint par une émotion ancienne. Il s'approcha d'elle, regardant ses grands yeux maquillés de cernes bruns, ces bandeaux gris qui désormais lissaient ses tempes, cet affaissement léger du chignon sur la nuque qu'il n'avait pas remarqué auparavant. Il lui prit les mains, les serra et, alors que montaient sur ses lèvres les mots d'autrefois, il comprit soudain, à cet instant précis, qu'elle était malade. Entre ses mains, les mains de sa femme semblaient avoir perdu toute pression et toute capacité de réflexe. Il serra un peu plus fort. Amélie ne réagit pas. Seul un sourire paisible et serein passait sur ses lèvres pâles.

– Tu n'es pas plus fatiguée que d'habitude, des vertiges, peut-être ?

Elle retira ses mains.

– Pas plus que d'habitude. Dépêche-toi donc de

prendre la route, c'est toi qui manques de repos... et d'une voiture plus solide que cette vieille rosse !

– Si tu veux bien, la prochaine fois, on ira voir ensemble Cazaurang à Pau, il est très compétent et...

– Cela suffit, Centulle. Je suis ta femme, pas ta cliente !

Vexé, il murmura :

– On dit... patiente..., pas cliente.

– Cela ne m'intéresse pas ! Pars. Il est tard.

Ils se regardèrent, et, sans détourner son regard, elle ajouta :

– Très tard.

Il eut un moment d'hésitation, de doute, enfin il se pencha vers elle et embrassa ses lèvres. Elles étaient froides et molles.

Elle resta le plus longtemps possible sur la route, jusqu'à ce qu'il eût passé le pont puis tourné dans le village. Il regarda le plus longtemps possible dans son rétroviseur la fine silhouette grise qui déjà s'évanouissait dans les vapeurs blanches portées par le vent de la vallée.

9.

– Maman ! Maman !

La voix rauque de l'adolescent la tira de sa torpeur. La matinée, déjà brûlante, enrobait le jour d'une croûte chaude qui faisait craquer l'horizon. Elle distinguait, assez mal, derrière le grand rideau de peupliers les champs mûrs, alourdis par le poids des moissons prochaines. Amélie s'était assise sur le banc de pierre, à l'ombre des grands châtaigniers.

La poitrine oppressée, elle respirait par petits coups, sa vue basculait par pans entiers ; elle crut ne pas pouvoir se redresser en entendant le pas pressé de son fils. Elle tâta et serra d'une main inquiète l'anse du grand panier d'osier, près d'elle, rempli à moitié de jeunes haricots. Le jardin était envahi de formes noires qui dansaient devant ses yeux, toute la partie droite de la demeure semblait entrer dans les ténèbres d'où plus un son ne lui parvenait. Elle ne sut distinguer d'où son fils surgissait et elle sursauta quand les deux grandes mains puissantes de Froidure se posèrent sur ses épaules.

– Maman, quelle journée ! Je vais chez Guilhem jusqu'à la nuit, j'ai promis d'aider pour rentrer ses foins. Oh, maman, quelle chance il a d'avoir des bêtes, et du si beau foin ! Et lui, il mène vraiment la vie qu'il aime.

Amélie sourit.

– Cela n'est pas si facile, tu sais...

Froidure s'était assis près d'elle et avait posé sa tête dans le creux de son épaule. Elle n'insista pas, de peur de troubler ce moment. Elle sentait tout près d'elle sa respiration rapide, l'odeur de sa peau moite qui s'échappait de sa chemise entrouverte. Elle glissa sa main dans l'échancrure de la chemise, tâtant de la paume cette chair vive et sauvage, ce tressaillement de corps jeune et impatient, cette force brusque et immature encore. Toucher Froidure, c'était toucher un fleuve, toucher un corps d'arbre, un flanc de bête chaude. Elle ferma les yeux d'émotion.

– Tu as les mains froides ! C'est bon, murmura-t-il.

Et la main glacée de la mère remonta le long du cou moite et chaud du fils, glissa sur la peau souple et luisante, le long du cou, sur la nuque forte, dans les broussailles épaisses de la tête bouclée. Elle respira le parfum de cette jeune vie palpitante, et l'embrassa sur le front.

– Tu passeras aussi chez Tantie et Joseph, murmura-t-elle. Il y un panier pour eux sur la table, avec les journaux et la recette qu'elle m'a demandés.

Froidure se releva brusquement, tira sur ses bras, poussa un grand soupir en tournant sur lui-même.

– Promis. Oh, maman, ça va être une journée géniale.

– Ne t'épuise pas trop !

– Maman, le père de Guilhem a acheté un élévateur pour monter les bottes de paille ! Ce n'est même plus drôle.

– Acheter un élévateur, mais Dieu du ciel, avec quel argent ?

– Le Crédit agricole, maman, il prête tant qu'on veut en ce moment pour agrandir et moderniser.

Amélie fit une moue dubitative, sans aucun commentaire. Elle craignit, soudain, d'avoir mis trop de rêve et de félicité dans l'avenir qu'elle avait toujours fait miroiter à son fils. Elle savait que Guilhem travaillait dur, trop dur, que ses parents avaient renvoyé les journaliers par économie. Froidure savait-il bien cela ? Une honte teintée de peur l'étreignit. Qui étaitelle pour croire tout savoir de la terre et de l'avenir ? Mais non, c'était une journée magnifique, il ne fallait penser à rien d'autre qu'à cette espérance du jour, qu'à cette douceur des champs de blé et de maïs dont les vagues dorées se brisaient contre les bosquets et la naissance des collines environnantes.

– Irez-vous danser ce soir, au bal de Sévignac ?

– Anna le veut, soupira Froidure, la mine boudeuse soudain, le front sérieux, et frappant du pied une vieille souche.

– Si tu ne le fais pas, Franck le fera..., murmura Amélie en souriant.

– Je voudrais bien voir ça ! gronda Froidure.

Mais l'inquiétude s'envola.

– Maman, je vais passer un été magnifique ! Comme autrefois quand on était petits, et pas enfermés dans cette cage puante de Pau.

– Si ton père t'entendait...

– Cela ne changerait rien, ce collège est une tôle, un bagne..., et j'ai été relâché !

– Pour bonne conduite ! Et seulement jusqu'en septembre.

La mère et le fils se sourirent. Froidure, en un mouvement vif, prit la main de sa mère et l'embrassa avec effusion. Puis il se redressa, fit encore un geste de la main et s'enfuit à grandes enjambées. Amélie entendit le cliquetis de la bicyclette, la voix qui grondait le chien en lui ordonnant de rester avant d'entonner le Charles Trenet habituel. Puis la voix disparut tout à fait. Il ne resta que le souffle du vent qui montait de la vallée, portant avec lui l'odeur d'une fournaise mate et nue qui semblait avoir bu tout le Léez. Amélie avait beau tendre l'oreille, elle ne percevait plus le doux glouglou chuintant et mouillé de la rivière. Le jour grésillait de partout, comme un grand corps tendu dans l'effort de sa survie face aux poussées de l'air brûlant et sec. Elle songea à la peau moite et tendre de son fils, aux cheveux blancs, secs et ras de son mari. Elle ne regrettait rien de sa vie finissante, elle songeait seulement à ce beau trépied d'amour qu'ils eussent pu former ici, à la demeure, le père, la mère et le fils, s'il y avait eu en chacun d'entre eux un peu de cette force raisonnable qui aide les hommes de bonne volonté à renoncer aux rêves.

Les chiens de Joseph accueillirent Froidure en bondissant autour de la bicyclette, avant même qu'il se fût engagé dans la longue allée qui menait aux arcades arrondies de la grange. Celle-ci jouxtait la grande bâtisse, trapue, ocre, avec son petit toit en avancée retroussée. Froidure aimait ces murs de galets bien rejointés, bosselés de gris, de blanc et de noir et qui faisaient sous le soleil une étincelante mosaïque austère, un peu monochrome mais qui charmait l'adolescent.

– Tantie ! Tantie ! cria Froidure en laissant choir le vélo, sautant de la selle, le panier à la main, tandis que les chiens bondissaient.

Tantie arriva, les mains dans un torchon, portant cet éternel tablier ras du cou, à manches courtes, à petites fleurettes noires ou bleu marine, qu'il lui avait toujours connu et qui laissait échapper une peau dorée et molle, des bras dodus et énergiques. Elle embrassa son neveu de ce geste brusque de taurillon qui était de ses habitudes, lui flanquant un coup de torchon sur les fesses.

– Finis donc d'entrer, garnement ! Si je te laisse filer, *diùbiban*, quand te reverrai-je ! À croire que tu es au collège en Amérique !

– Tantie, il y a tant à faire chez les uns et les autres... et si peu de dimanches dans l'année ! Le cousin n'est pas là ?

– Non, avec Joseph, à la coopérative. De toute façon, vous ne vous verrez guère cet été encore, il veut partir chez les *English* pour apprendre à causer comme eux.

– Mais il est déjà très bon, au collège, dit Froidure en s'asseyant à la grande table tandis qu'Irolie sortait sa bouteille de jus de fruits.

Irolie haussa les épaules.

– Je n'en parle guère à Joseph, mais ça m'étonnerait qu'Alain reste avec nous bien longtemps.

Froidure regarda sa tante en souriant. D'aussi loin qu'il se souvenait, il l'avait toujours entendu appeler Tantie par tous les enfants des environs. Tante Irolie avait fait long feu et même Alain le fils, Joseph le mari, et même des voisins dont elle avait gardé les enfants, tous l'appelaient Tantie.

– Tu vas chez les Daugas tout le jour ?

– Et même toute la nuit !

– On dit qu'ils ont beaucoup acheté ces deux dernières années, matériel, bâtiments pour les veaux en batterie... C'est la nouvelle mode, ça.

Froidure acquiesça en silence.

– J'irai donc passer un moment avec ta mère ce tantôt. Elle n'est pas trop fatiguée ?

– Mais non, pourquoi ?

Tantie s'absorba pendant quelques secondes dans le grattage d'une tache mystérieuse sur l'évier.

– Avec cette chaleur..., murmura-t-elle enfin.

– C'est vrai, cela, acquiesça Froidure. Si tu vas la voir, ne prends pas la bicyclette, il va tomber du feu.

– Eh bien, espérons que ton oncle veuille bien arracher sa carcasse d'ici et me lâcher à Mascaraàs, ou bien je demande au facteur de me prendre sur le porte-bagages de sa mobylette !

Ils se mirent à rire tous les deux, et Tantie proposa d'aller voir les canetons.

Ils passèrent par la porte arrière de la cuisine qui donnait sur une grande cour carrée. Au fond, après un bout de champ à la boue durcie par la chaleur, et près d'une grande mare amaigrie où pataugeait une famille de canards noir et blanc, se dressait un grand hangar de tôle qui étincelait sous les rayons du soleil. Quand ils poussèrent la lourde porte métallique, ce fut une belle débandade de peluches courtaudes, jaunes et mouchetées de noir, becs en avant, trains arrière animés, qui s'en furent à l'autre bout du hangar.

– Ils ne te connaissent pas. Piiiiou ! Piiiiou ! gloussa Tantie.

Mais, frénétiques et inquiets, les canetons se serraient les uns contre les autres en une grosse boule jaune et meuble, mousseuse et animée, qui faisait sauter la paille sous leurs minuscules petites palmes rosées.

– Voilà bien de l'ouvrage, murmura Froidure, admiratif. Il y en a combien ?

– À peu près cinq cents... On ne veut pas plus. La banque nous poussait à plus, gros rendement et tout et tout... Ils n'ont que ce mot à la bouche ! Pour quoi faire, *diùbiban*, se tuer à l'ouvrage pour un domaine dont personne ne voudra après notre mort ?

Froidure et Irolie restèrent un instant silencieux dans le grand hangar qui semblait disproportionné pour les petites volailles. Froidure songea à son père. Il eût tant aimé avoir un fils comme Alain, qui ne parlait que de techniques modernes, de fonction publique, de vacances à Superbagnères, d'appartement à Bordeaux ou à Tarbes. Centulle Ardan, lui, n'avait eu que Froidure.

10.

Les chiens sur ses talons, Guilhem avait déjà remonté et redescendu l'allée dix fois quand il entendit le cliquetis de la bicyclette. Il courut à la rencontre de Froidure, les chiens le suivaient en jappant. Froidure bondit du vélo qu'il lâcha dans le fossé. Les deux amis s'étreignirent, se donnant de grandes claques dans le dos.

– Je me suis dit, il ne va peut-être pas venir..., dit Guilhem.

– Et pourquoi ? J'avais promis.

– C'est que maintenant tu es un gars du collège ! grommela Guilhem en baissant la tête.

– Tu es fou, je suis d'ici, seulement d'ici.

Ils marchaient côte à côte, remontant l'allée pierreuse vers le corps de ferme.

– Allons, je suis sûr que tu aimes ça. Quand le maître nous donnait un problème tordu, tu disais : Ça servira, les paysans doivent savoir se battre.

Froidure eut un peu honte.

– Tu sais, mentit-il, ce que j'apprends au collège ou rien... Mais toi, ça va, les vaches, les veaux, vous vous en sortez, n'est-ce pas, et sans diplôme !

Guilhem passa sa main maigre sur son front, rejetant son béret en arrière.

– Mon père, tu le connais. Les chiffres, les écritures, ça l'emmerde. Il dit que la banque connaît son boulot et lui le sien. Viens, tu arrives à temps pour le départ de la batteuse.

Ils accélérèrent le pas, dépassant la cour de la ferme, marchant vers un formidable bruit de tonnerre.

Le fracas terrible de la machine ébranlait toute la terre.

– On doit l'entendre jusqu'en Espagne ! hurla Guilhem dans les oreilles de Froidure.

La batteuse ouvrait sa gueule béante, ferrée de dents latérales qui crachaient une volée de poussière étouffante. Elle agitait sa tête vorace, docile aux ordres de l'homme perché dans une sorte de bocal vissé sur le tronc de la mécanique. Froidure, les mains en visière sur les yeux, ne le reconnut pas. Était-il du pays, était-il loué par les Daugas avec sa machine pour la moisson ? Soudain, dans un tumulte grondant, poussant sa force de fer à l'assaut du champ, elle sembla grogner sur place, arc-bouter ses roues à l'entrée des premiers rangs, puis, après une hésitation furieuse du moteur lancé à pleins gaz, elle partit d'un bond, avalant d'une grande lampée de rotatives métalliques l'équivalent de cent brassées d'hommes.

Il n'y avait personne d'autre dans le champ que la machine, avec seulement Guilhem et son père, qui serra la main de Froidure. Ils restèrent figés, spectateurs muets à la lisière du grand champ. En quelques instants, le bruit diminua, la moissonneuse avançait de ses pas de géant, laissant derrière elle une trouée d'une perfection géométrique, puis elle lâcha à intervalles réguliers des ballots de paille serrés, tous identiques, qui demeuraient sur la place arasée comme des petits pâtés dorés, moulés, tout chauds, tout sortis d'un grand four.

– Bien, les enfants, dit Daugas, le gars n'a guère besoin de nous, allons plutôt chercher le camion.

Le père marchait de son pas tranquille, son béret sur l'oreille, sa cigarette au bec.

– Et à Mascaraàs, quand c'est-y que vous vous y colletez ?

– La semaine prochaine. Grand-père a commandé la batteuse, je crois pour lundi et mardi.

Le père hocha tranquillement la tête.

– Sûr donc, chez vous, il y a bien deux jours d'ouvrage.

Laissant le père à sa démarche de patriarche, les deux garçons avancèrent d'un pas plus vif. Ils parlèrent de l'école, et du vieux maître, qui faisait toujours apprendre son Charles Trenet favori aux nouvelles générations, du collège de Pau où Froidure s'embêtait, du car de ramassage où ils faisaient les fous, d'Anna, dont le dernier dessin avait été exposé chez le directeur, de Séverine qui faisait la tête derrière le comptoir de son père et qui se languissait d'eux tous. Franck parlait de l'armée, Bertrand d'être juge. Juge, s'étonnait Guilhem, pour les voleurs ? Enfin, c'était toujours utile, ces gens-là, peut-être même qu'un jour on aurait affaire à lui dans le pays. Les tribunaux, il fallait parfois en passer par là, oui, décidément, ça pourrait être utile d'avoir un juge parmi les copains !

En coupant par le chemin creux, ils eurent un peu d'ombre avant d'arriver à la ferme. Les bêtes meuglaient sous le soleil. Elles allaient d'un pas lent vers leurs abreuvoirs et regardaient passer les hommes en laissant tomber de leurs gros mufles noirs et luisants de longs filets d'eau. D'un blond presque blanc, elles étaient éblouissantes sous le soleil qui tombait dru.

Deux heures plus tard, alors que le père avançait son camion à travers le champ déjà en grande partie mangé, arasé, nettoyé par la moissonneuse-batteuse, les deux amis couraient à grand renfort de piques et de fourches, poussaient des ahans puissants et jetaient dans le fourgon les ballots denses comme de la brique. L'un montait dans la remorque et entassait comme des cubes les ballots, bien au fond, pour gagner de la place. Puis il sautait à nouveau sur les tiges jaunes, dures et coupées ras, et se lançait à l'assaut d'un nouveau ballot tandis que l'autre prenait sa place. De loin, un œil étranger n'eût pas distingué les deux amis l'un de l'autre. Grands et bruns tous les deux, ils avaient surtout les mêmes gestes, la même peau, la même flexion du corps vers la terre, la même souplesse des muscles vers l'ouvrage à faire.

Cependant, Froidure, plus vite essoufflé, bandait ses muscles avec un plaisir presque douloureux. Tout son corps tirait, perdait l'eau, soufflait, renâclait, se redressait puis se brisait sur un râle rauque au-dessus du ballot suivant. Il crachait de plaisir, s'essuyait le front, lançait un geste complice à Guilhem qui lui répondait. Froidure, le fils unique, songea que jamais, même lors des promenades du maître, il ne s'était senti si près d'un frère. Et le grand geste las de Froidure avait l'air de remplir tout le ciel de signaux immenses. Puis l'un ou l'autre courait vers un pli ombragé, en lisière du champ, et sortait une bouteille d'un torchon mouillé. Le garçon ouvrait alors une bouche large pour y laisser tomber en giclant partout une eau légèrement coupée d'un vin clair. Après s'être arrosé la nuque, il cachait à nouveau la bouteille avec les autres dans son pli frais et s'en revenait vers l'ouvrage. Tout le champ, à perte de vue jusqu'aux collines vertes, tremblait sous le feu du ciel, crépitait comme une braise. De la poussière d'or jaillissait de tous les plis de la terre, de toutes les craquelures de cette croûte desséchée et meurtrie par le temps, la machine et les pas des hommes. Exsangue, épuisé, désert, le champ était comme mort sous le travail des hommes. On entendait quelques bruits à l'horizon, quelques meuglements plaintifs d'une bête assoiffée, quelque tracteur grondant au loin sur ses propres terres. Tout le pays cuisait et œuvrait sous une grande plaque de tôle mate et aveuglante qui l'asséchait tout entier.

Froidure éprouvait dans cet épuisement du corps une rage profonde mêlée à une joie encore plus troublante. Arrachant de sa gorge des grands cris, il se sentait le maître, loin du docteur Ardan qui troublait ses nuits, le faisant hésiter pour avouer qu'il n'avait nullement l'intention de devenir ingénieur à Bordeaux ou à Paris. L'image du docteur Ardan faiblissait peu à peu dans le souffle puissant et le tourbillon violent de la terre qui emportait Froidure. Son avenir était là, à lui, devant lui, aussi clair que ce ciel d'été, et, peu à peu, autour de sa fourche puissante, de ses tempes battantes, de son poitrail luisant sous la chemise déchirée, de ses muscles en feu, de son dos fouetté par la douleur, de ses mains cloquées, il ne resta rien. L'horizon de feu avait tout à fait disparu, rétréci en lui. Peu à peu le monde brûlant de sa terre s'était évanoui ; il était en lui, palpitant et secret. C'était ainsi qu'il serait désormais, enchaîné à la terre, à son vieux pays, à cette racine douloureuse qu'il aurait pu trancher pour l'amour du père. L'émotion le brisa plus que le poids du dernier ballot. Tout suant et pantelant, il mit un genou à terre et sa paume sur la terre brûlante qui exsudait sa poussière sèche comme un crachat de volcan. Il sentit qu'elle vibrait sous lui avec des soupirs de femme. L'ombre du docteur Ardan s'était évanouie. Ce jour-là, plus encore que s'il avait eu Anna entre les bras, Froidure comprit qu'il était un homme. Debout sur terre. Debout sur toutes les terres. Et, un jour, sur la sienne.

La nuit tomba comme un suaire, douce et fraîche. Le père de Guilhem mit un petit tonneau en perce sous la grange. À l'étage, ouvert sur la ferme, on voyait les ballots entassés comme dans une boîte à sucre. Le gars de la moissonneuse était là, la face écarlate et la chemise craquée sur un tricot de peau grisâtre. Dans la grande cuisine qui ouvrait sur la cour, on entendait la mère s'activer aux fourneaux pour récompenser le labeur des hommes. Ce n'étaient plus les grandes tablées d'autrefois, les tréteaux dressés dans la cour, toutes les filles du pays à la daube ou aux confits et les hommes chantant, attablés, écarlates et heureux.

Mais c'était tout de même une belle soirée de fraternité. L'homme à la moissonneuse n'était plus au volant de sa machine, il était là, bien vivant et bien humain entre Guilhem, son père et Froidure. Cela faisait un petit groupe de survivants, un peu isolé sur cette grande île de terres regroupées et solitaires. Mais c'était un beau bouquet d'hommes, lié par le grand soulagement de l'ouvrage engrangé.

Le vin coula dans les verres comme à la fontaine. Il était clair et léger, c'était une piquette du pays que le père Daugas achetait à un petit producteur qui rivalisait, disait-il, avec les productions d'Arricau-Bordes. Au quatrième verre, Guilhem et Froidure étaient hilares, au sixième ils chantaient, au dixième, ils étaient allongés sur une grosse botte de paille, effondrée autant qu'eux au pied de la grange. Les deux hommes les accompagnaient, encore debout, le verre haut, toujours prêts à trinquer, la bouche grande ouverte sur les vieux chants du pays.

– *Quanto jo canti, jo que canti, canti pas per jo, canti per ma miga, qui auprès de jo !*

Le patois roulait, montait, éclatait. C'était un orage dans la tête de Froidure, une pelote qui tapait dans sa tête, un feu de forge qui roulait dans ses entrailles, une pluie de sonnailles qui l'assourdissait.

– *Jo que cantiiiiii*..., reprenait Guilhem, se versant un autre verre tandis que Froidure tentait de se remettre debout. L'homme à la moissonneuse l'aida à se redresser, riant et pestant tout à la fois, tandis que le père de Guilhem tapait sur le tonnelet comme à la fanfare.

– Tu paries que j'arrive à la porte de la maison ? en marchant tout... seul ! hoqueta Froidure en repoussant le moissonneur qui se tapait sur les cuisses.

– Quèque tu paries ? pouffa Guilhem.

La question laissa Froidure sans voix. Il resta debout, oscillant comme un arbre foudroyé, grosse masse dématée qui tanguait de droite et de gauche.

– Tombe..., tombera pas..., hoquetait toujours Guilhem, quand une mobylette pétaradante entra dans la cour de la ferme. Le bruit évoqua tout de suite quelque chose à Froidure, qui ouvrit la bouche pour n'en sortir aucun mot.

– De Dieu..., finit-il par grogner, c'est la mobylette de Franck !

Une voix fraîche et aiguë se planta comme un coup d'aiguille dans ses tympans.

– Froidure ! Tu as oublié le bal ! Le bal de Sévignac !

Ce n'était pas une question. C'était une affirmation qui lui fouettait tout le corps.

– Le bal... Quel bal ? J'ai travaillé tout le jour et tu parles de bal... Anna, vraiment...

Le cri d'Anna enfonça encore plus fort l'épingle qui lui démangeait l'oreille.

– Espèce de..., de... brute ! Alcoolique ! Si c'est pas une honte ! Tu n'as même pas quinze ans ! Quand ta mère va savoir cela !

Froidure n'était pas certain, mais il lui semblait entendre un petit ricanement suffisant qui avait toutes les chances d'appartenir à Franck. Allait-il jouer les traîtres, comme lorsqu'ils étaient enfants, et lui ravir Anna ? Mais pour le moment Anna n'avait guère l'air de se soucier de son chevalier servant à moteur ; elle était simplement tout à fait furieuse. Sa voix montait dans des aigus douloureux, puis descendait dans des graves ténébreux et menaçants, tapant sur les mots comme sur un tambour.

Il commença une approche maladroite, branlante et incertaine. Il durcit son dos, tentant de donner à sa démarche une illusion de dignité offensée, mais son pas allait, gîtant, épave abandonnée par jour de grand vent. Il avança cependant vers ce qu'il devinait d'Anna. La voix des hommes riait, gouailleuse, derrière lui tandis qu'Anna, comme une tornade, tremblait devant lui. Elle lui semblait pourtant toujours aussi jolie, dans une robe claire qui semblait l'habiller d'un rayon de lune. Il tenta un rapprochement difficile, se tournant de droite et de gauche, mais la voix furieuse d'Anna qui se cassait semblait le poursuivre. La voix enflait, retombait, rebondissait. Il porta les mains à ses oreilles et ses pieds butèrent contre une masse longue et dure.

– Ah, tu ne veux même pas m'écouter ! Et moi je devrais gâcher mes vacances, ma soirée pour un..., un...

Elle cherchait un souffle, des mots durs. Froidure l'entendit taper du pied.

– Un sauvage ! Un primitif ! Un sans-cœur alcoolique ! Eh bien, restes-y dans tes champs, et sans moi !

Elle se tut enfin.

Il entendit la mobylette redémarrer et soupira. Cependant, la mobylette ne s'éloignait pas. « Tout ira mieux demain », songea-t-il. Il s'appuyait toujours contre la masse en ciment qui faisait un tuteur à ses jambes molles. Il avança la main et sentit la fraîcheur de l'eau. Il n'eut pas le temps de prononcer le mot d'abreuvoir. Déjà, il y basculait la tête la première. Il se sentit décapité par l'eau froide qui pénétrait partout, bouche, gorge, yeux, oreilles. Il se releva avec un brusque sursaut de tout le corps, éructant et crachant tandis que les rires des hommes montaient dans la nuit

– *Diùbiban de hilh de pute !* Quelle poigne, cette petite Anna !

Les hommes se tapaient sur les cuisses, hoquetant de rire, tandis que le doux vent de l'été emportait sur la route la mobylette qui rouspétait. Comme une dernière menace, elle poussa un hennissement furieux et métallique au tournant du chemin.

11.

En maraude autour de Mascaraàs, la vie, la mort et le temps, comme une bourrasque qui colle aux reins, poussaient et bousculaient.

Une fois de plus, Amélie était revenue de Pau avec son gros prétexte de courses et d'emplettes multiples. Cette fois-ci, c'était le père de Séverine qui l'avait ramenée avec sa camionnette.

Elle marchait de son pas habituel, tranquille et régulier, traversant le jardin avec son même regard bienveillant et attentif, se penchant sur une fleur, grattant une mousse sur un tronc, caressant le chien qui lui faisait la fête. Elle n'eut pas même à ouvrir la porte, Irolie l'attendait sous la glycine dépouillée, le visage sévère, la bouche serrée.

– Te voilà ? dit Amélie, ce n'est pourtant pas ton jour... ni ton heure...

– Et pour toi, c'est l'heure de quel mensonge encore ?

Amélie leva un regard craintif aux alentours.

– Tais-toi, on pourrait t'entendre.

Elles entrèrent en silence dans la maison. La porte se referma sur l'entrée sombre. Amélie tira sur son châle et l'abandonna sur une chaise, près de l'escalier, avec sa lourde cape noire.

Elles passèrent dans la grande salle, froide et silencieuse. Irolie crut que sa belle-sœur, à son accoutumée, s'en irait dans la cuisine et s'occuperait à grands gestes, s'empêchant peut-être ainsi de trop parler. Elle était bien décidée à faire une remarque, mais les mots se figèrent sur ses lèvres quand elle vit Amélie poser son cabas sur les dalles noires et s'asseoir près de l'âtre vide et froid.

– Si nous nous faisions une petite flambée... Je n'aime plus cette heure du jour. La fin du jour, l'heure où les enfants rentraient en piaillant comme de la volaille.

Irolie se pencha vers la corbeille, près du mur, et y prit d'une main tremblante du journal et une poignée de petit bois qu'elle jeta sur les chenets.

« *Diùbiban*, songea-t-elle, donnez-moi le courage d'entendre ce que je sais déjà et que je l'oblige à m'avouer. *Diùbiban*, Dieu vivant, et toutes les autres forces qui nous ont sauvés, toujours, en sauvant le Béarn, donnez-moi la force... »

Les flammes montèrent, pétillantes, craquantes.

Sans oser regarder sa belle-sœur, Irolie avançait des petites bûches et serrait entre ses doigts potelés le tisonnier à tête de chien.

Amélie redressa son lourd chignon affaissé sur la nuque par le poids du châle et avança ses longues mains maigres et tannées vers les flammes. La lumière qui montait de l'âtre colorait son visage d'une douce lumière, effaçait les cernes noirâtres qui maquillaient ses yeux sombres. Elle se mit à parler doucement, de cette voix sage et ferme qu'Irolie lui avait toujours connue.

Une petite année, encore, peut-être moins. Peut-être plus avec une opération. Mais il n'y aura pas d'opération, avait-elle répondu au médecin de Pau. La mort la trouverait ainsi, telle qu'elle avait toujours été, abîmée par les ans, certes, mais intacte. La même, depuis toujours, celle que Centulle avait aimée, un jour, sans pourtant bien savoir qui elle était. Ce sera bien elle qu'il mettra au cercueil, l'Amélie de leur jeunesse, l'Amélie qui avait choisi la terre, l'Amélie qui avait donné naissance à Froidure.

Irolie ne bougeait pas ; ses mains même avaient cessé de trembler en s'approchant du feu. Elle tira sa chaise tout près de celle d'Amélie et elles restèrent un moment, côte à côte, sans parler. Puis une bûche eut un chuintement, un râle qui ressemblait à un soupir, qui brisa le silence. Amélie reprit la parole.

– Je veux aller jusqu'au brevet de Froidure. Je pense que je peux. J'aurais voulu tenir jusqu'à son inscription au lycée agricole, pour l'aider, pour le soutenir. Mais, même si je n'ai pas cette force, ce n'est pas si grave. Car cette force, s'il l'a en lui, peu importe que je sois là ou pas. Je ne souhaite pas être là..., juste encore un peu là pour ne pas l'attrister un jour d'examen... mais ensuite ? Non, je ne souhaite pas voir la lutte que le père et le fils vont se livrer. Je ne veux voir ni leur colère ni leur douleur. Ils vont se haïr, se quereller. L'un comme l'autre serait peut-être capable de lever le fusil.

Elle s'interrompit un instant et leva les yeux vers la droite, près de la porte de la cuisine. Au-dessus du long buffet se tenait un râtelier chargé de trois fusils. Elle soupira puis détourna la tête.

– Je ne veux pas voir cela, soupira-t-elle encore. Je ne veux même pas voir la victoire de mon fils, ni la fin de son combat pour la terre des ancêtres. Pas plus que je ne veux voir la défaite de Centulle. Si Froidure est celui que je crois, s'il est devenu ce que j'ai voulu qu'il devienne, je n'ai pas besoin d'être là, je n'ai pas besoin d'opération.

Irolie ne sut rien dire, ne put rien dire. Elle posa sa petite main tannée sur celle, également tannée, d'Amélie. Elles restèrent ainsi, les mains unies, devant l'âtre rougeoyant.

– Je te dis cela à toi, Irolie, parce que nous

sommes comme des sœurs. Mais tu ne diras rien à Froidure. Il choisira. Tu ne diras rien non plus à Centulle, sauf que je ne laisserai rien, ni lettres, ni adieux, ni explications. Rien. Centulle ne pourra m'accuser de l'avoir trahi, poignardé, de l'outre-tombe.

– Centulle, tout de même, il doit bien savoir, murmura enfin Irolie.

– Il sait, répondit doucement Amélie. Il m'a écrit qu'il resterait quelque temps sans venir, un C.E.S..., certificat de je ne sais quelle formation, spécialisation ou actualisation des connaissances, je ne sais, c'était si ronflant... J'ai oublié.

– Il sait et..., et... il ne revient pas ! bafouilla Irolie, la voix tremblante d'une émotion indignée.

Amélie ne répondit pas. Sa douleur secrète, plus dure encore que la douleur qui lui déchirait le corps, était faite de ce doute. Centulle espérait-il sa mort, rapide, prochaine ? Souhaitait-il la voir disparaître et reprendre enfin ses droits de père ? Quelle lutte avaient-ils menée, tous deux, à travers Froidure, pour que le goût de la mort l'ait emporté sur le goût de la vie ?

– Il est ainsi, dit enfin Amélie. Et je l'ai laissé être ainsi. Il arrivera. Il arrivera, trop tard, comme toujours, mais il arrivera. Il reviendra. Peut-être seulement après ma mort, après la lutte avec Froidure. Ce sera comme un retour de guerre. Mais il reviendra.

Soudain, du jardin, leur parvinrent des petits bruits secs et traînants. C'étaient les grands-parents, un peu plus tassés, un peu plus sourds, mais le pas toujours précis.

Amélie leva les yeux du feu et regarda par la grande fenêtre.

– Regarde-les, mes petits vieux. Ils vont encore, se tenant parfois la main, à travers le domaine. Il taille toujours la vigne, égorge un canard, nettoie le carburateur du tracteur. Et elle, elle bêche toujours ses haricots et ses semis de tomates. Parfois elle oublie ses galoches ici ou là ; l'autre soir, c'était la soupe sur le feu, le tablier au jardin, les galoches... Que lui est-il passé par la tête de commencer à se dévêtir dans le potager ? Mais c'est bien ainsi, la maison va cahin-caha, personne ne voit rien ; Froidure se transforme en bûcheron, en homme de peine, chaque samedi et dimanche, de la resserre au grenier, clouant, réparant, sciant. Non, personne ne me voit, et c'est très bien. Parfois, Polite me regarde de son drôle d'œil, mais il ne dit rien. Il a même réparé la troisième marche de l'escalier ; l'avais-tu remarqué ?

– La troisième marche de l'escalier..., souffla Irolie avec une stupéfaction douloureuse. La troisième marche...

– Oui, la troisième marche. Celle sur laquelle le jeune électricien a failli se casser la jambe, et Franck aussi, et Froidure, et tous les enfants, d'ailleurs..., sans parler de Centulle. Comment avons nous pu vivre toutes ces années avec cette marche assassine ?

Le feu crépitait doucement. Les flammes fauves léchaient les têtes de chien des chenets, maquillant leurs gueules de traînées mouvantes. On aurait dit qu'ils jappaient.

– Nous avons vécu, c'est tout. C'est aussi simple que cela, murmura Irolie après un long silence.

12.

Ils étaient tous là. Tous ceux du village, et d'autres encore, d'autres villages. Tous les parents et tous les enfants de Mascaraàs étaient là, avec le maire et le cafetier, et le boulanger, et avec le maître aussi, comme jadis. Ils étaient tous là, pressés autour de la grande table des banquets d'autrefois, autour du cercueil d'Amélie. Certains en chapeau, en béret, qu'ils roulaient entre leurs mains, les yeux baissés, étriqués et suants dans leurs costumes de cérémonie, par cette chaude journée de fin d'été. Certaines femmes portaient des mantilles de dentelle noire, souvenirs achetés à Lourdes qui servaient en ces occasions.

Ils étaient là, le fils, le père, le grand-père, silencieux, les traits durcis, les yeux rougis. Centulle enfin posa la main sur le cercueil puis leva vers son fils un regard interrogatif. Froidure comprit. Il chercha des yeux Polite, oncle Joseph et Alain. Et Bertrand Lasclaverie aussi qui déjà s'approchait, pour être le sixième, puisqu'il était entendu depuis toujours qu'il serait un jour beau-frère. Tous s'approchèrent, la foule se fendit.

Ce furent Centulle et Froidure qui poussèrent le cercueil vers le bout de la table pour que chacun des six hommes puisse le hisser sur ses épaules. Cela fit un gros chuintement, comme un rabot sur le bois dur. Puis la voix de Froidure retentit, surmontant les bruits des pleurs et des mouchoirs.

– En allant à l'église, on va chanter. Elle aurait voulu qu'on chante, tous, surtout nous, les anciens élèves du maître.

Sa voix se cassa un instant puis se reprit.

– On va chanter notre Charles Trenet.

Les portes-fenêtres de la grande salle étaient ouvertes sur le jardin, plein d'hommes et de femmes en noir. On ne vit plus qu'une foule dense, essaim d'abeilles collées, et le cercueil, comme une barque qui voguait sur une marée de gros dos noirs et voûtés.

Et tous se mirent à chanter, les six hommes qui portaient le cercueil, le père et le fils à l'avant, le grand-père, entre Polite et Froidure, qui ne portait presque rien, tout cassé, tout secoué de sanglots qu'il était. Bertrand et Alain étaient derrière Centulle. Bertrand, le plus jeune de tous, ne portait le cercueil qu'en dressant haut ses mains. Les larmes alors l'aveuglèrent, le cercueil tangua dangereusement de son côté. Mais Guilhem n'était pas loin. Il bouscula un peu de monde, se glissa derrière Bertrand et soutint le cercueil de sa large carrure. Froidure avait aperçu le geste, le grand corps de Guilhem venir à la rescousse. Cela lui fit du bien de sentir son ami, son presque frère, son frère-paysan, cet autre fils qu'Amélie n'aurait pu avoir, se glisser ainsi dans la famille.

Leurs voix, rauques, parfois incertaines, bousculaient *mes jeunes années courent dans la montagne*... Et derrière eux les voix tremblantes d'Anna, de Séverine, de Franck et de tous les écoliers d'autrefois, soutenues par la belle basse du maître, s'élevèrent dans le ciel mat et dur de cette journée de septembre. Les cimes des châtaigniers et des chênes saluèrent le passage du cortège tandis que les voix clamaient *au vent d'Espagne*, *la mélodie qui berça mon cœur* et *tous les beaux jours à jamais finis*. Puis, *comme les bergers des montagnes de France*, ils allèrent tous, tête baissée, voix oppressées, discordantes et brisées, tressautantes et oublieuses de certains mots, en bon troupeau solide et soumis, là où la mort leur disait d'aller.

Le cortège passa la poterne sans trop de mal. Il y eut juste la place du cercueil et des épaules des hommes. Le cercueil, qu'Amélie avait voulu en un bois doré comme la lumière de l'automne, tanguait dans les rayons de lumière brisée qui tombait des grands chênes. Quand ils passèrent le pont, chantant *les jours bénis des premières saisons*, ce fut bien le *ruisseau* et *les sources vagabondes* qui répondirent à leur chant d'adieu.

Puis toutes les voix se turent en arrivant devant la vieille église, devant le porche rond, grand ouvert, où se tenaient le curé et ses deux enfants de chœur.

Quand tous furent passés, le dernier paysan à entrer s'interrogea. Il resta un instant, dubitatif et inquiet, devant le porche ouvert. Il jaugea la chaleur du jour, leva un nez méfiant vers le ciel puis se décida. Il referma sur son passage les deux lourdes portes, tandis que l'harmonium retentissait. Les portes claquèrent avec le même bruit métallique et plaintif qui avait serré les planches du cercueil sous la main du croque-mort.

Comme une grosse poule sur la couvée de paroissiens, la petite église avait refermé ses ailes, protégeant l'office d'Amélie Ardan de la trop grosse chaleur de la vie qui continuait à palpiter au-dehors.

À la demande de Centulle, le curé de Garlin était venu la rouvrir. Séverine, Anna et sa mère, et d'autres femmes avaient aidé à dépoussiérer les vieux bancs, l'autel, à mettre des toiles blanches, des fleurs ; à astiquer quelques chandeliers, à nettoyer le tabernacle et à y remettre la vis qui manquait. Cette messe fut l'ultime messe du village, et toute l'église vibra des chants de la messe des morts. Elle rassemblait en son chœur tous ceux qui croyaient, tous ceux qui ne croyaient pas, mais tous, en un dernier adieu, étaient venus saluer l'âme de Mascaràas en saluant l'âme d'Amélie Ardan, née Routis.

Ils étaient tous venus puis, peu à peu, tous repartis. Personne n'avait eu ni la force ni le courage de faire un repas de funérailles.

– Amélie aurait pourtant aimé cela, je le sais, murmura la grand-mère, les yeux dans un torchon, balançant sa petite silhouette grise sur une des chaises de la cuisine.

– Nous avons offert une collation, murmura Centulle qui se tenait près d'elle, lui tâtant le pouls sans en avoir l'air. C'est déjà bien, reprit-il, et nous ne pouvions faire mieux, mère. Allez vous allonger.

Irolie entra dans la cuisine à cet instant. Elle retira son petit chapeau noir à voilette d'un geste brusque et le posa sur la table. Sans regarder Centulle, elle murmura :

– Je m'occupe d'elle.

Polite, silencieux, le visage muré, fixant ses mains croisées de son œil unique, était assis au bout de la table. Il n'avait pas adressé la parole à Centulle depuis trois jours. Le docteur Ardan retourna dans la grande salle. Froidure se tenait, bras croisés, adossé à l'un des piliers de la grande cheminée, les yeux fixés sur la grande table. Il avait arraché sa cravate, tiré sur son col de chemise et retrouvé cet air sauvage que son père lui avait si souvent vu. Anna et Bertrand, le cousin Alain, Franck, Guilhem et Séverine étaient là encore, les bras ballants, ne sachant plus que faire ni que dire. Le docteur Ardan n'osa parler à aucun des adolescents. Il apercevait Joseph, voûté, les mains dans le dos, qui arpentait le jardin, se baissant parfois pour tirer sur une racine ou une fleur fanée. Centulle fut soulagé de voir que le vieux docteur de Sévignac était encore là, consolant le grand-père qui tapait à petits coups métalliques, de sa canne ferrée, sur les dalles noires.

Quand il vit son fils s'approcher, ses yeux rougis prirent une teinte noire et dure. Il eut un grognement rauque et lança tout de go :

– Et tu te dis médecin ! Pfuuuu ! cracha le grand-père avant de tourner les talons et de s'en aller par la porte-fenêtre ouverte rejoindre l'oncle Joseph.

On entendit le bout ferré de sa canne sur les dalles de la terrasse.

Le vieux médecin tapota le bras de Centulle, figé.

– Il est très affecté. Ne vous frappez pas. C'est toujours ainsi, les vieilles gens.

Puis il baissa la tête, contemplant les dalles noires.

– Je l'avais vue, vous savez, parfois, au marché, ou lors de mes visites. J'ai tenté de lui poser quelques questions...

Centulle soupira.

– Et elle vous a rembarré... Je sais. On ne soigne pas quelqu'un contre sa volonté.

Le vieux docteur soupira encore.

– Qu'allez-vous faire, Ardan ? N'est-il pas enfin temps de songer à ma proposition ? Je n'ai toujours pas mis ma clientèle en vente. J'attends votre décision.

Centulle sembla sortir d'un songe.

– Mais la décision est toute prise. Je ne peux laisser seuls ici mes parents et Froidure. J'emmène tout le monde à Bordeaux et je laisse Mascaraàs à la garde de Polite, en attendant de savoir ce que je fais du domaine.

Le vieux docteur jeta un regard plein d'inquiétude vers Centulle puis vers Froidure. Pâle, l'adolescent s'était redressé et fixait son père.

Le docteur Ardan semblait ne s'être rendu compte de rien. L'échine raide, les mains croisées, le menton volontaire, il gardait, en toute circonstance, cette allure de cavalier, cette cambrure de hussard. Le vieux médecin eut une lueur dans l'œil.

– Vous pourriez vous acheter un cheval. Ça vous irait bien, un cheval, Ardan. Pour faire les visites.

Le vieux docteur se mit à sourire, d'un petit sourire malin et content de lui, mais Centulle avait toujours son air sévère. Il haussa des sourcils surpris.

– Non, pas de cheval. Nous allons tous à Bordeaux.

Une voix sembla alors venir des ombres des murs, glisser sur les dalles noires : une voix de l'au-delà, une voix presque inconnue qui résonna comme une menace.

– Je ne quitterai jamais Mascaraàs.

C'était la voix de Froidure.

Centulle Ardan se retourna tout d'un pan. Le père et le fils étaient dressés, face à face, se dévisageant avec une raideur de duellistes, le visage durci par la volonté du combat.

Instinctivement, Anna, filiforme dans sa robe bleu marine, se rapprocha de Froidure, serrant nerveusement sa longue natte noire entre ses mains. Presque dans l'instant, mus par un même sens de la fraternité, Guilhem, Séverine et même le petit Bertrand vinrent se mettre près d'eux. Il fallut une seconde de plus à

Franck et au cousin Alain pour choisir leur place et leur clan.

Le docteur Centulle serra les mâchoires et dressa sa taille militaire, durcie encore par le costume noir.

– Laissez-nous, tous, dit-il d'une voix atone.

Froidure acquiesça d'un coup de menton sec. Tous s'en furent à pas lents, en silence.

Le père et le fils restèrent ainsi, face à face, dans leurs costumes de deuil, avec cette peine farouche qui leur taraudait le cœur et dont ils ne diraient pas un mot.

– Tu viendras à Bordeaux. Tu seras inscrit dans un bon lycée pour préparer une section scientifique, dit enfin le docteur Ardan.

Il y eut un silence. Froidure n'avait pas bougé.

– Bon, je ne tiens pas particulièrement à une section scientifique. Ce sont tes notes de maths qui parlent, c'est tout. Mais n'importe quelle section fera l'affaire, du moment...

Le docteur Ardan s'interrompit, semblant chercher ses mots.

– Du moment que je quitte Mascaraàs ? termina Froidure d'une voix blanche.

– Du moment que tu te décides à suivre une voie d'avenir. Et il n'y a pas d'avenir à Mascaràas. Ni nulle part ailleurs au pays, ni dans aucun terroir de France ou de Navarre.

Froidure avança d'un pas. Il posa sa main droite sur la longue table. Il semblait la palper, toucher une chose vivante pour y puiser du courage.

– Je ne quitterai jamais Mascaràas. Tu ne sais pas ce que c'est, toi, tu n'as jamais vécu ici vraiment. Toute ta vie, tu n'as fait que quitter Mascaraàs, tu n'as jamais vécu avec elle...

Et de sa main tendue il désigna la table, comme si le cercueil s'y fût encore trouvé, comme si, gisant invisible, le corps d'Amélie était là, entre eux.

Malgré lui, le docteur Ardan tourna les yeux vers la table vide et resta sans voix un instant.

– Je ne t'ai pas élevé, c'est vrai. Je n'ai été ni un bon père ni un bon mari, c'est vrai. C'est elle qui a tout fait, c'est vrai. Mais cela ne change rien. La terre est morte. La cité a tué la terre. Mascaraàs est condamné.

Froidure avança encore d'un pas vers son père. Sa main glissait toujours sur le bois poli de la table.

– La mort n'a jamais tué personne, murmura Froidure.

– C'est à un médecin que tu oses affirmer cette baliverne, qui se veut poétique, sans doute ?

Froidure sembla un instant blessé par l'ironie de son père mais il fronça les sourcils, mâcha ses lèvres, ses pommettes hautes semblèrent se durcir. Il toucha la table plus fortement encore.

– Maman est là. La terre est là. Mascaràas est là. Et je suis là aussi, pour toujours. Je n'irai pas dans ton lycée, je n'irai pas à Bordeaux, j'irai à Tarbes où je me suis inscrit en juin, dans un lycée agricole. Et un jour, à Mascaraàs, j'aurai un troupeau de brebis, des basco-béarnaises, et j'épouserai Anna. C'est aussi simple que cela.

Alors la colère submergea le docteur Ardan. Sa main gauche s'abattit sur la table, sa voix sortit, hurlante, de sa gorge nouée, et plus il hurlait, plus la douleur diminuait.

– Jamais ! Entends-tu ! Jamais ! Tu es mineur, tu es mon fils ! Elle est morte et plus personne ne m'empêchera de faire ce que je crois bien pour toi !

Froidure avait à peine reculé.

– Tu ne m'obligeras à rien. Je raterai tous les examens, tous les concours, je fuguerai ! Il n'existe pas au monde, entends-tu, un internat ayant des murs assez hauts pour m'empêcher de m'enfuir !

– Nous verrons bien ! Il existe encore des jésuites qui en ont maté d'autres que toi !

– Tu ne sais rien de moi, comme tu ne savais rien de maman ! Tu ignores ce que je peux faire...

Sa voix enflait, montait ; c'était une voix de colosse. La mâchoire carrée du docteur Ardan se surprit à en trembler de stupéfaction. Puis Froidure ne cria plus, ne hurla plus, mais il y eut un grondement terrifiant qui enfla sa voix et sa gorge.

Il recula pourtant vers la porte de la cuisine, mais ce n'était pas pour fuir. Il tendit le bras vers le râtelier à fusils.

– Tu ne sais ce que je peux faire ! continua-t-il de sa voix grave. Tes jésuites, j'y foutrai le feu, à la dynamite, s'il le faut ! Et si ça ne suffit pas...

Sa main s'abattit sur le râtelier avec un geste si rapide qu'il laissa le docteur stupéfait. Son fils, Frédéric, ce fils dont il avait tant attendu, ce fils qu'il aimait avec douleur, ce fils se tint devant lui, la carabine levée contre lui.

Mais il n'eut pas même le temps de souffrir, déjà la carabine s'abattait vers le sol. Polite était là, entre eux, avec son œil unique, sévère et plein de larmes. Il avait abattu sa grosse main sur le canon de l'arme.

Bien sûr, les fusils n'étaient jamais chargés ; bien sûr, il n'y avait pas eu de danger, mais chacun savait la portée d'un tel geste. Polite voulait briser le geste de mort. Il prit la carabine et, sans un mot, la remit au râtelier. Puis il quitta la pièce et s'en retourna de son pas traînant vers la cuisine.

Le docteur Ardan semblait changé en statue de sel. Froidure regarda ses mains avec une sorte de crainte. Puis, sans un mot, Ardan tourna les talons et sortit par le vestibule. On entendit la porte claquer et son pas vif faire crisser les graviers de l'allée.

– Pardon, père, murmura Froidure en regardant toujours ses mains.

Et, soudain, toute la colère charriée, brisée, tomba en lui, mourut en lui et, comme un terrible incendie, le laissa tout dévasté.

Il se laissa tomber sur le banc. Sa tête éplorée roula contre le bois de la table.

– Maman, maman... Pourquoi m'as-tu abandonné ?

Aucune réponse ne venait de la grande maison silencieuse, ni du vent d'automne qui se levait et frôlait la bâtisse, ni du soupir du chien couché sous la table. Le cri d'un oiseau tourna en vrille, cela venait du côté du rideau de peupliers. En reniflant, Froidure releva la tête. Le cri retentit à nouveau, comme un trille musical et moqueur.

C'était il n'y avait pas si longtemps... Il avait peut-être dix ans, peut-être moins. Il marchait avec Amélie dans un des sentiers qui passent par les friches, en venant de Garlin. Parmi la mosaïque de toits du village, ils voyaient au loin le clocher qui semblait monter vers eux. Ils allaient d'un bon pas. Amélie portait son panier qu'elle balançait gaiement devant elle. C'était une journée d'automne, douce, grise, moelleuse, toute de coton, avec de la lumière qui tombait du ciel et qui n'était presque pas du soleil. Soudain, ils furent arrêtés par un cri déchirant d'oiseau. Dans un roncier, une alouette s'était emprisonnée. Comment avait-elle échoué là ? Elle se tenait captive, le toupet tout de guingois, le plumage souillé, ses minuscules pattes recroquevillées sur un petit ventre dodu et palpitant de terreur. Amélie avait vite posé son panier, rejeté sa cape en arrière et de ses longues mains habiles, insensibles aux morsures des ronciers, elle avait dégagé l'alouette de sa gangue cruelle. L'oiseau resta un instant, tout ébaubi, dans le creux chaud des mains. Des gouttes de sang perlaient sur la paume blanche et le bout des doigts d'Amélie. Puis l'alouette frissonna, s'ébroua, eut un léger haussement du col, tourna un œil rond vers les gros visages humains penchés sur elle et, dans un tressautement vif, elle s'envola. Elle resta un instant presque immobile dans un rayon de lumière, puis vira sur une aile et lança dans le ciel un grand cri joyeux.

Amélie et Froidure restèrent debout, longtemps, au milieu du sentier des friches, fixant, dans les traces mauves du ciel, le petit point noir et libre qui basculait sur l'horizon.

13.

Peu de temps après l'enterrement, tous se réunirent à nouveau à Mascaraàs. Grand-mère, un peu rassérénée, fourbissait sa cuisinière, exigeant de faire à manger pour tous. Irolie, Joseph et Alain étaient venus à la tombée du jour, tout de suite après les derniers soins aux bêtes. Le grand-père était assis près de la cheminée, sa canne entre les jambes, murmurant toutes les cinq minutes : « Comment allons-nous faire, fiston, comment allons-nous faire sans elle ? »

– On est là pour trouver une solution, grand-père, répétait Froidure assis près de lui, tandis que Bertrand et Anna tournaient ici et là, allant d'un pièce à l'autre.

Grand-mère avait chassé Anna de la cuisine et elle alla dans le hall. Elle s'assit sur le petit banc, dans la pénombre, tirant sur sa longue natte noire, fixant la boule verte de la lampe à pétrole d'Amélie. Soudain, un désespoir nouveau la souleva comme une vague. Elle ferma les yeux, prise de vertige. Elle avait cru que seul le chagrin de la mort d'Amélie la bouleversait ; mais non, il y avait autre chose dans cette mort qui la touchait, quelque chose qu'elle venait de sentir, là, comme une chose vivante, tout près de la lampe à pétrole sous son gros globe vert. Comment désormais vivre à Mascaraàs sans Amélie ? Comment épouser Froidure et vivre ici, prendre sur ses épaules tout le travail d'Amélie, toute la force d'Amélie pour le domaine, et la volaille, et le ménage, et le bricolage, et les rosiers, et la vigne, et les semis ? Comment vivre à Mascaraàs sans Amélie, se répétait-elle. Comment vivre, et aimer, et peindre ?

Le pas de Franck la tira de ses songeries. Il la regardait de ce même regard de toujours, depuis qu'ils étaient petits, depuis qu'il avait essayé de l'embrasser et que Froidure lui avait cassé la figure derrière les cabinets, à l'école. Il était aussi grand que Froidure, plus mince, avec une démarche chaloupée et élastique qui tenait peut-être à l'idée qu'il se faisait de la démarche du militaire qu'il voulait être.

– Tu es là ? demanda-t-elle machinalement.

– Oui, on est tous là, sauf Guilhem. Séverine aussi vient d'arriver. Ça discute ferme.

Un brouhaha de voix montait effectivement de la grande pièce. En soupirant, Anna quitta le petit banc et suivit Franck dans la salle commune.

Oncle Joseph se raclait la gorge et bredouillait des mots confus, bousculé par Tantie, qui tirait sur ses manches noires d'un geste nerveux.

– Mais dis-lui donc les choses comme elles sont !

– Oui, tu sais, petit, tu peux compter sur l'héritage de ta mère. Elle n'y a pas touché, elle ne m'a rien demandé à la mort de notre père. Maintenant, c'est pour toi.

Froidure eut un petit sourire.

– Merci, mon oncle. Ça sera peut-être utile. Tout va dépendre de la réaction de papa, mais il faut trouver quelqu'un pour aider ici. Une femme du village. On va faire les comptes avec grand-père et on va trouver quelqu'un, je ne sais pas encore...

Tous soupirèrent.

– Peut-être ta mère ? reprit Froidure en s'adressant à Anna.

Elle s'était approchée et avait passé son bras autour de la taille de Froidure.

Mais, avant qu'Anna ait répondu, déjà Séverine s'avançait.

– Non, moi. S'il te plaît, Froidure.

Tous les regards se tournèrent vers elle.

Elle n'était plus la fillette malingre aux genoux cagneux d'autrefois. Elle portait des robes voyantes, des boucles oxygénées et des bas. Elle avait cet air gauche et clinquant de ceux qui imitent les idées qu'ils se font de la ville, mais cela lui allait bien. Elle était devenue une adolescente ronde et avenante, avec un joli teint frais.

– Je ne sers plus à grand-chose au café, continua-t-elle d'une voix pressante. Papa se plaint tout le temps, il y a de moins en moins de monde. Plus que des vieux. Les jeunes ont des mobylette et vont à Garlin ou même à Pau. Papa dit que puisque ma sœur fréquente un mécano ils pourraient ouvrir un petit atelier de réparation, avec une pompe à essence ou deux ; le café, ça sera bientôt plus rien..., un peu d'épicerie et le dépôt de pain quand le boulanger aura pris sa retraite. Moi, je veux bien travailler ici. N'est-ce pas, Tantie, ce serait bien, je serais comme..., comme...

Elle hésitait, ne sachant quel mot choisir.

– Une gouvernante, dit Alain, qui avait, lui, toujours le mot juste.

– C'est ça, reprit Séverine, triomphante, une gouvernante. J'aiderai à la cuisine, au ménage, au potager, aux bocaux. Dans un an et demi, j'aurai le permis, j'irai faire les courses à la pharmacie de Garlin ou même de Pau, si c'est nécessaire.

Ils restèrent tous en silence. Anna se renfrogna, tout son visage se chiffonna, mais elle n'osa le montrer et cacha un peu sa tête dans la poitrine de Froidure.

– Qu'en penses-tu, grand-père ? murmura Froidure en se tournant vers le vieil homme, toujours assis, le menton sur ses mains croisées, devant l'âtre froid.

– Oh oui, grand-père, dites oui, vous verrez

comme on s'entendra bien, murmura Séverine en se précipitant à ses genoux.

Elle n'osait pas regarder Anna ni affronter Polite, qui restait silencieux.

– Pourquoi pas, ma petite fille ! Si ça te dit de rester avec des vieux comme nous autres, répondit enfin le vieil homme.

– Et toi, Polite, qu'est-ce que tu dis ? demanda Froidure.

Polite ne répondit pas tout de suite. Assis sur le bout d'un banc, tournant le dos, tout voûté dans sa veste de toile bleue délavée, il se penchait vers le chien et passait ses gros doigts noueux dans les touffes hirsutes du labri.

– Polite, tu ne veux pas répondre ? reprit Froidure d'une voix inquiète.

Polite se redressa enfin, fixa toute l'assemblée de son œil unique, tout rond, tout fâché.

– Épouse donc Anna maintenant, et ce sera tout réglé !

Anna se dressa sous la surprise, quittant le bras de Froidure.

– Mais..., mais..., enfin, Polite..., j'ai quinze ans ; je veux aller au lycée et aux Beaux-Arts après... Je ne peux pas...

Les larmes aux yeux, elle se tourna vers Froidure.

– Tu le sais, n'est-ce pas ? Je ne peux pas..., pas maintenant...

Froidure l'enlaça.

– Mais je le sais, Anna !

Puis, furieux, il se retourna vers Polite.

– Tu dis des conneries ! Moi aussi, je vais au lycée ! Il n'est pas question de mariage !

Sans un mot, Polite se leva et, les mains dans les poches, sortit de la grande salle, le labri sur ses talons.

– Allons bon, nous voilà propres ! gronda Irolie.

– Ça lui passera ! s'exclama Froidure.

Puis, se tournant vers Séverine, il dit, avec cet air d'autorité sévère qu'il semblait porter depuis la mort d'Amélie :

– Si tu veux vraiment, ce serait bien. On va aller se renseigner pour les papiers, les S.M.I.C. ou R.M... je ne sais pas quoi. Je ne veux pas t'exploiter. Il faut voir si on peut te donner la même chose qu'à Polite. Si on ne peut pas payer, on commencera par un mi-temps. De toute façon, je peux ne pas aller à l'internat. Je rentrerai tous les soirs. Cela ne fait qu'une heure et demie avec le bus.

Anna s'était approchée du buffet et commençait à disposer les assiettes. Il y eut de l'agitation, du brouhaha, tous mettaient grand-mère au courant. Elle pleurnicha dans son torchon en parlant de cette pauvre Amélie puis elle alla embrasser Séverine.

Anna observait la « gouvernante » en posant les verres. Elle rayonnait, elle éclatait dans une robe foncée qu'on ne lui avait jamais vue. Séverine aimait le jaune canari et le rouge pompier, les jupes à volants et les grands cols de dentelle. Anna eut un pincement au cœur. Et si Polite avait raison ? Et si c'était sa place à elle, ici, à Mascaraàs, tout de suite, en cette nuit de deuil, avant qu'elle ne devienne les funérailles de leur jeunesse, de leurs amours et de tous leurs rêves ?

Froidure se taisait. Il restait près de son grand-père, la main sur l'épaule du vieux.

– On va s'en sortir, grand-père, dit-il enfin. Et

maman sera heureuse, de là-haut, de voir comme on garde bien Mascaraàs.

– Oui, mon petit, murmura le grand-père, elle sera heureuse.

– Et si on se faisait une petite flambée, hein, pour accompagner la garbure ? grommela oncle Joseph, qui tournait ses grosses mains l'une dans l'autre.

– Et d'abord, comment tu sais qu'il y a de la garbure, le houspilla Tantie, en posant les serviettes blanches, épaisses comme des draps. Ces hommes, ça ne rêve qu'à se remplir la panse...

Anna s'approcha de la grande porte-fenêtre. L'air était frais mais on l'avait laissée ouverte. Elle entendit le pas vaillant de Froidure partir vers la réserve à bois puis s'en revenir. Elle alla à sa rencontre.

– Froidure, murmura-t-elle.

La nuit était lourde et douce sur leurs épaules. Il la regarda, ému, les bras chargés de bûches.

– Oui, Anna, répondit-il.

Elle s'avança si près qu'il posa ses bûches, se redressa et la prit entre ses bras. Il n'y eut plus, sous le deuil de la nuit de septembre, qu'une seule ramure de jeunes corps enlacés, blessés et craintifs. Leurs baisers innocents et maladroits, leur étreinte palpitante consolaient leur chagrin. Lorsque leurs lèvres se séparèrent, Froidure murmura, effleurant le cou tendre d'Anna :

– Tu feras un portrait de maman ?

– Bien sûr.

– Et le mien ?

Elle sourit.

– Pourquoi pas ? J'ai bien fait celui du taureau de Guilhem !

– Tiens, au fait, pourquoi n'est-il pas là, celui-là ?

Ils restèrent enlacés. Froidure posa une main sur la poitrine d'Anna ; ému de ses formes douces, de ces formes de femme, si jeunes encore, timides et palpitantes. Sa chevelure portait dans ses remous une odeur de sous-bois, une odeur de vent, et le sein, en offrande, gonflait sous sa main comme le souvenir de l'alouette.

Une pétarade les fit sursauter.

– Quand on parle du loup..., murmura Anna.

Dégingandé, avançant à grandes enjambées furieuses, la tête agitée de mouvements saccadés, la cigarette au bec, Guilhem courait vers eux. Il avait laissé la mobylette contre la poterne.

– Ce foutu veau, ça n'en finissait pas ! Ah, les bêtes, je te jure, Froidure...

– Ne râle pas ! La garbure n'attendait que toi !

Anna tendit la joue vers le gros baiser de Guilhem, puis prit une partie des bûches et rentra dans la maison.

Guilhem et Froidure restèrent un instant ensemble, rassemblant les dernières bûches à terre. Guilhem jeta sa cigarette et l'écrasa dans le gravier.

– La terre, les bêtes ! Ah, je te jure ! gronda Guilhem. Parfois, je me dis... quel métier de chien ! Ça me crispe. Parfois, tu sais, la colère, c'est comme une lame en moi. Il faudrait que cela crève et... et ça ne peut pas.

Froidure lui mit une main sur l'épaule.

– Ou il faudrait que ça sorte ! Ou bien que ça explose... et puis non, ça ne peut pas. Excuse-moi, vieux. Je ne sais pas pourquoi je te parle de ça... Mais il n'y a qu'à toi que je peux parler comme ça, surtout pas à mes vieux : ils comprennent rien. Ils croient que la banque c'est comme des poules pondeuses, on n'a qu'à ramasser.

Ils restèrent un instant songeurs, silencieux.

– Comment ça va, toi ? grommela Guilhem, gêné d'avoir paru oublier la mort d'Amélie, mais le regard de son ami le rassura. Il se sentit soulagé de la compréhension que rencontrait son aveu.

Un souffle de vent monta du Léez et les enveloppa, éloignant l'angoisse.

Froidure regardait la vallée à travers le rideau noir des peupliers. Ce n'était plus qu'un vaste océan, d'où sourdait une vie endormie, d'où sortaient, ici et là, comme l'étrave d'un navire perdu, les têtes pointues des conifères.

– Tu te souviens des cours du maître...

Guilhem eut une moue dubitative.

– Quand il parlait de l'homme de Cro-Magnon, des premières semences, des premières graines, des premières récoltes et de la première brebis apprivoisée. Eh bien..., j'y étais.

– Où, au cours ?

– Non, à Cro-Magnon..., j'y étais.

Guilhem prit un air de stupéfaction inquiète. Le père Ardan l'aurait-il cogné plus que de coutume ?

– Oh ! fit-il seulement.

– Quand les marécages et les vastes forêts qui couvraient une terre impénétrable ont peu à peu disparu et que la terre est née, fertile et généreuse..., récita-t-il encore.

– Eh bien ?

– J'y étais...

– Tu te fous de moi.

– Quand l'homme se nourrissait de faines, d'airelles, de glands ; quand le Celte a compris que la bête nourrie avec du gland avait une chair plus fine et plus délicate..., j'y étais. Quand les Romains furent stupéfaits de voir les Gaulois chercher la marne et la chaux et engraisser la terre avec de la terre..., eh bien...

– Ça va, j'ai compris, interrompit Guilhem, goguenard, j'ai compris, tu y étais ! Il se mit à rire franchement, soulagé. Sacré Froidure !

– Oui, répondit Froidure. J'y étais. Et aussi quand ils ont su traire la vache alpine, et tondre le mouton flamand, et quand il y eut sur terre autant de chèvres que d'hommes...

– Arrête ! Tu me rappelles l'école ! Il est fou, ce gars, complètement fou...

La silhouette de la grand-mère apparut dans le rectangle de lumière de la salle.

– Bande de filous, qu'est-ce que c'est que ces manières d'être en retard pour ma garbure ! cria-t-elle de sa voix aiguë.

Ils allongèrent le pas. La flambée, dans l'âtre, était partie sans eux, déjà les hautes flammes léchaient les chenets à tête de chien et tous étaient à table.

Froidure et Guilhem déposèrent les bûches dans le panier à bois. Guilhem salua l'assemblée et se glissa sur un banc, près de Franck, à qui il serra la main.

Froidure hésita un instant. Personne n'avait osé mettre de couvert à la place d'Amélie, la première en venant de la cuisine. Froidure prit l'assiette, le verre et le couvert qui étaient les siens et se dirigea vers la place de sa mère. Il resta un instant debout, enjamba le banc, attrapa le pichet de vin et s'en versa un grand verre. Debout, dans la lumière dorée du vieux lustre de cuivre, il se dressa, son verre à la main.

– À Amélie.

Ils se levèrent tous, dans un grand fracas de bancs. Même Polite, qui boudait au bout de son banc, se leva et retrouva un bon sourire sur ses dents gâtées.

– À Amélie, dirent-ils tous en levant leurs verres.

– À Amélie. À Mascaraàs, dit encore Froidure.

Et les douze verres se levèrent, couronne de fraternité, gouttes de sang offertes pour chaque pétale, pour chaque vie.

Deuxième partie

1.

Les années passèrent. Des années dures et des années fortes, des années comme un arc bandé, tendu à l'extrême. Guilhem et Froidure ne devinrent pas seulement des hommes, des paysans, mais des guerriers prêts au combat, dressés sur leurs terres, ne sachant de quel côté viendrait l'assaut.

Un jour, la blessure venait des quotas laitiers pour Guilhem et laissait les revenus de la ferme décapités ; un autre jour, c'était une lettre humiliante, un chèque parcimonieux, une signature arrogante de la part du docteur Ardan, cautionnant, malgré lui, l'emprunt qui permettrait de transformer les anciennes granges en bergeries. Chaque jour était une lutte, une force vacillante ; chaque jour, il fallait se dresser sans savoir, comme disait Guilhem, si le soir ne les verrait pas pendus à la branche d'un chêne.

Des jours furent pires encore et des jours furent meilleurs. Froidure eut enfin son troupeau, pas trop cher, pas très jeune ni très vaillant, mais un troupeau, enfin. Il quitta la vallée dès le premier été et s'en fut sur les estives de la vallée d'Aspe. Pour Guilhem, le pire continuait.

Une nuit, épuisé, il se laissa tomber près de la

machine à pâtée qu'il fixa d'un œil morne. Puis son regard fatigué suivit la longue allée qui séparait les enclos de bois, quarante d'un côté, quarante de l'autre, pour quatre-vingts petits veaux. Non, le compte n'était plus juste, car un petit veau était mort. Guilhem pensait avoir fait tout ce qu'il fallait, tout ce qu'il avait appris du vétérinaire, mais rien n'y avait fait, le petit veau était mort. Guilhem le regardait, par les planches à claire-voie, dans son box, tout près de lui, son petit corps mou, son ventre en creux, son museau de velours rosé sali dans la paille et ce regard, comme une vitre trouble à travers laquelle il ne verrait plus jamais le contentement de bébé repu, la tendresse du petit pour la main qui le nourrissait.

Guilhem soupira et fixa ses mains. Il était trois heures du matin. Une ampoule électrique, glauque et terne, tremblait au-dessus de lui, balançant des ombres sales et mouvantes sur les murs de parpaing. Il fixait toujours ses mains. La gauche avait une forme étrange, avec le petit doigt amputé de deux phalanges, avalées par la machine à pâtée, l'année passée. *Dìùbiban !* Sacré progrès, cette cuve monstrueuse qu'il fallait gaver jusqu'à la gueule de centaines de kilos de farine, jour et nuit, de poudre de lait nauséabonde, et laisser tourner comme un moulin du diable pour en tirer la bouillie des quatre-vingts biberons des quatre-vingts veaux, et quels veaux, sans mère, sans pâture, sans espace, qui devenaient enragés. Il y avait les doux et les tendres, et puis les teigneux, les récalcitrants, ceux qu'il fallait nourrir en faisant du rodéo sur leur dos, main jusqu'à la gorge, quand ils n'essayaient pas de mordre ! Et ceux qui voulaient des caresses, des douceurs, ceux qui aimaient téter les doigts, ceux qui avaient mauvaise mine, l'œil fuyant, la tête baissée, et puis les vigoureux, les têtes de chameau, ceux qui atteignaient deux cents kilos et essayaient de vous casser les jambes contre l'enclos... Était-ce bien ce qu'il avait voulu ? Il ne savait plus. Il songea à Froidure, sur ses estives. Il avait toujours bien su choisir, Froidure, la fille, les bêtes, les bonnes routes. Il était fort, plus fort que lui, plus fort qu'eux tous. Lui survivrait. Déjà parce qu'il n'avait pas de machine qui vous estropie un homme. Est-ce que l'on peut encore caresser une fille avec une main fauchée ? D'ailleurs, quelle fille ? Où donc une fille ?

Le petit veau était mort, tout ce qu'il y avait de plus mort. Et huit cents francs de moins, ce mois-ci, sur la paye, sans parler du mépris du vétérinaire et de l'ironie cinglante du maquignon à qui il devait des comptes. Guilhem ne savait plus combien il en avait perdu. Il y avait eu Titi, mort d'un rhume, ou d'une otite. Guilhem avait tout essayé, des nuits entières. Rien n'y avait fait. Titi était mort, et Number One aussi, d'une bronchite, malgré les cataplasmes à la moutarde. Et Arthur le dur, pas si dur que cela...

Guilhem ferma les yeux. Son malheur était là, tout prêt, exaspérant comme une goutte d'eau sur une tôle. Tic-tac, faisait le tiroir caisse vide, tic-tac les phalanges du petit doigt ensanglantant la pâtée, tic-tac le rire du maquignon, tic-tac la trousse du vétérinaire pour la piqûre d'antibiotique...

Et puis brusquement, comme une branche qui cède, le menton chu sur la poitrine, Guilhem s'endormit. Et, dans la grande salle de parpaing et de tôle, les petits veaux s'agitaient encore, cognant leurs têtes contre les claies de bois. Cela faisait un vilain bruit de portes de geôle, un cliquetis triste de cadenas sur des chaînes.

2.

Parfois, quand la solitude était trop lourde, le docteur Ardan décrochait le téléphone et de sa voix rauque appelait Anna, désormais inscrite aux Beaux-Arts de Bordeaux.

– On se voit, grognait-il seulement dans l'écouteur.

Et toujours Anna répondait :

– Ce soir si vous voulez. Comme d'habitude, dans le quartier Saint-Pierre ? Ou ailleurs, pour changer ? Non, notre petit restaurant sur la Garonne ? D'accord, huit heures.

Anna parlait presque tout le temps de sa peinture, des Beaux-Arts, des cours, de ses travaux alimentaires comme celui de coloriste pour une petite maison d'édition et d'animatrice d'atelier dessin dans un centre culturel. Centulle Ardan acquiesçait parfois mais lui demandait encore :

– Et pourquoi pas les Beaux-Arts de Paris ?

– Vous avez trop d'ambition pour les autres, docteur Ardan. Qu'importe Paris ou Bordeaux, si je suis vraiment peintre ?

– Paris, c'est la réputation, disait le docteur.

– Vous le savez, je ne veux pas m'éloigner davantage de Mascaraàs.

Ardan grommelait quelque chose de désagréable puis changeait de sujet. Il évitait de parler du cousin Alain, qui, après un bac brillant, faisait une école d'ingénieur, mais il s'enquérait du jeune Bertrand, qui voulait toujours être juge, ou policier, de Guilhem, qui se débattait avec les dettes de ses parents et n'avait guère le temps de se trouver une fille, de Séverine, qui s'acquittait de son rôle de gouvernante avec un zèle qui soulageait les vieux jours de ses parents. Le docteur Ardan soupirait. Chacun semblait avoir trouvé sa place, lui seul errait encore.

Au début de leurs rencontres, Anna crut que le docteur cherchait à la voir pour tenter d'influencer Froidure à travers elle. Mais elle se trompait. Le docteur Ardan avait perdu et la bataille et la guerre, il le savait. C'était par pure sympathie qu'il aimait voir Anna.

D'ailleurs, ils ne parlaient plus de Froidure. Ce n'était plus nécessaire, parce que, surmontant leur rancœur, les grands-parents lui donnaient des nouvelles régulières de la vie à Mascaraàs mais aussi parce que Froidure était là, entre eux, entre les mots, palpable. Une fois seulement, l'année des dix-huit ans de Froidure, Anna tira de son sac une photographie.

– Regardez, docteur, j'en suis assez contente. Je l'ai peint cet été. C'est la première fois que je fais un portrait en pied.

Elle se tut un instant puis ajouta en baissant la voix :

– Irez-vous le voir ?

– Le portrait ? Mais certainement. J'ai toujours été de tes admirateurs. Il faudra même penser à nous l'emprunter pour ta première exposition.

Dans le reflet de la photo, trop petite et sous-exposée, le docteur Ardan devina l'homme que son fils était devenu. Immense. Un chêne d'homme avec quelque chose de blanc à ses pieds, des brebis sans doute. Et, dans la lumière, le regard noir du fils. Il rendit la photo sans un commentaire.

Un matin, il fut appelé dans son service auprès d'un vieil homme qui mourait seul, pauvre corps décharné hérissé de goutte-à-goutte, rattaché de force à la vie par une pelote de plastique dévidée en guirlandes transparentes qui scintillaient autour de lui comme pour un dernier Noël.

– Ce n'est pas la mort qui me fait peur, docteur, c'est de savoir que mon fils ne paiera pas l'enterrement chez moi, dans ma vallée. Il ne me prépare que l'aumône d'un enterrement à Bordeaux. Ah, docteur, c'est une vilaine chose que de ne savoir où sera sa tombe.

Il y eut un silence, pendant lequel l'infirmière et le docteur Ardan s'absorbèrent dans la lecture de multiples résultats d'analyses.

– Et vous, docteur, où sera votre tombe ?

Tout naturellement, Ardan répondit :

– À Mascaraàs.

– C'est bien, docteur, si vous savez où est votre tombe. Masca... vous dites ?

– Mascaraàs, un bourg, à vingt kilomètres de Pau. Il y a une vieille église fermée et un cimetière où repose déjà ma femme. Vous voyez, je sais où est ma tombe parce qu'on m'y attend.

Le vieil homme décharné leva un poignet maigre, un doigt tremblant qui fit bouger les fils des goutte-à-goutte.

– Mais alors, que faites-vous ici, docteur, si loin de votre tombe ? Si loin de chez vous ?

La voix du vieil homme était devenue un souffle.

Une fin de journée, alors que son service était fini, il prit sa voiture et, sans même repasser par son appartement, prit la direction de Pau. Les routes s'étaient améliorées avec les années. De grandes voies tournaient autour de Bordeaux, longeaient des banlieues défigurées par des centres commerciaux, par des invasions de réverbères qui avaient dévoré la nuit, par des milliers de panneaux publicitaires à la vulgarité roublarde et insultante.

Il arriva à la nuit à Mascaraàs. Tout était obscur et silencieux. Seul le labri, attaché près des clapiers à lapins, continuait de japper depuis qu'il avait reconnu le crissement des roues sur le pont. Il caressa la grosse tête hirsute de la bête, qui gémit, puis il tendit l'oreille, appela encore mais personne ne répondit. Il tourna derrière la demeure, vit dans l'obscurité la place vide du camion et les anciennes étables. Pour protéger le futur troupeau, deux grandes portes métalliques avaient remplacé les portes de bois. Elles flambaient, neuves dans la nuit, comme deux grands boucliers prêts à la bataille.

Étaient-ils tous chez Tantie, ou chez les parents d'Anna ? Ou chez les Daugas ? Quelle fête avait-il pu oublier pour que ses vieux parents aient quitté la demeure un soir ?

Il poussa la porte, que l'on ne fermait pas davantage que du vivant d'Amélie, entra à tâtons dans le vestibule, puis dans la grande salle et poussa le bouton de porcelaine. Ses yeux clignèrent. Il trembla sous le choc.

Froidure était là. Froidure était droit devant lui, collé comme une peau sur le manteau de la vieille cheminée, occupant tout l'espace de la toile. Ni maison ni champs n'habillaient le fond du tableau, à peine distinguait-on un peu de ciel et de nuages, une ligne brisée de montagnes bleutées. Au pied de Froidure, comme il l'avait deviné, c'étaient deux brebis, douces, mousseuses, qu'Anna avait peintes.

Le docteur Ardan s'approcha encore.

Anna avait peint Froidure comme un pâtre d'autrefois, gommant de son coup de pinceau romanesque les traces du siècle. Campé sur ses deux jambes habillées de velours brun, Froidure se tenait debout, un peu raide. Anna l'avait bien fixé dans sa vérité : inflexible, droit. Il portait une large chemise ouverte qui bouillonnait sous un gilet de cuir doré rappelant la couleur de la barbe naissante. Le visage était sérieux ; le cheveu, noir cendré, tombait sur un front d'une proéminence un peu disgracieuse. Anna avait travaillé la pâte de sa peinture avec tendresse ; elle avait repris le modelé dur de la bouche et fait glisser le pinceau sur les plis graves du front. Une cicatrice de l'enfance qui marquait la tempe droite avait été attendrie avec la teinte bleuâtre des cernes.

Si Anna n'avait pas peint le ciel, elle avait peint mieux que le ciel : elle avait peint la lumière, une lumière qui irradiait. Elle coulait sur la peau satinée, elle cernait chaque pli du vêtement, chaque pan désordonné de la chemise, elle soulignait les mains osseuses qui pendaient le long des cuisses.

Le docteur Ardan resta longtemps ainsi, puis, à pas lents, caressant à nouveau le chien au passage, il quitta le domaine. Il passa par la route de Garlin et, près de la ferme de Joseph et Tantie, il gara la voiture le long du fossé. Il éteignit ses phares et se trouva enveloppé dans une nappe noire et épaisse qui semblait le couper de toute vie. C'était bon, cette nuit noire et profonde, cette vraie nuit d'autrefois, pleine de forces mystérieuses. La ville avait tué jusqu'à la nuit, jusqu'à ce droit essentiel aux hommes, le droit à la nuit. Désormais, partout, dans le pays tout entier, à Bordeaux comme ailleurs, des nuées de réverbères imposaient leur lumière froide et métallique jusque dans les quartiers les plus perdus des cités.

Il sortit de sa voiture, laissa la portière entrouverte pour ne pas la claquer et avança dans la longue allée qui menait chez Joseph et Tantie. Mais il n'alla pas loin, craignant d'alerter les chiens, de révéler sa présence. Il se contenta de regarder, dans la nuit noire, le petit carré de lumière, la fenêtre de la cuisine, et le camion, garé au beau milieu du chemin. Cette fenêtre, ce point lumineux dans la nuit, c'était ce rêve d'une bonne vie calme, sérieuse, qu'il avait laissée s'enfuir. Pourtant, il avait espéré l'intimité d'une nappe blanche du dimanche, la sérénité de sages soirées recluses et studieuses, l'odeur de la cuisine flottant dans la maisonnée ; il avait rêvé de ce que tout homme de bien tente d'apprivoiser, peu à peu, pour l'éternité.

D'un pas silencieux, il retourna sur la route et reprit sa voiture.

3.

Une année passa encore et les paysans du Vic-Bilh eurent désormais le docteur Ardan pour les soigner. Cela les rendit bien heureux, sans les empêcher de faire des remarques aigres sur ce docteur si raide, si *culprime*, si cul serré. Sa présence flattait leurs habitudes, leurs souvenirs, les bousculant juste ce qu'il fallait pour apporter du nouveau, sans cependant trop changer ces mêmes habitudes puisque l'homme n'était pas un de ces *estrangers* qu'ils redoutaient.

Centulle Ardan, l'enfant du pays, racheta la clientèle du vieux docteur et ajouta à ses manières quelques habitudes de politesse pour parler à des paysans connus de toujours. Il ne prit pas la demeure du vieux praticien qui y vivait toujours mais loua le presbytère abandonné de Lanceuse, un village à quinze kilomètres de Mascaraàs. C'était une maison ancienne, recouverte de chèvrefeuille et de vigne vierge plantés par des générations de curés botanistes. La maison se tenait à mi-pente dans le village, entre l'église et la mairie, en face d'une haute croix de fer rouillée sur son socle de pierre.

Un matin, il fut appelé de très bonne heure dans un centre équestre sur la route de Taron. Après avoir examiné le fils aîné du propriétaire, il fit quelques pas avec lui, discutant du pays.

– Ça ne va pas fort, docteur, vraiment pas fort. Je ne sais plus trop comment m'en tirer. Maintenant, j'essaie la classe verte. Vous savez, faire venir des petits des villes, s'arranger avec les gîtes du coin et proposer une activité. Mais j'ai trop de grands chevaux. Regardez si elle est belle, cette pouliche..., eh bien, je la vends aussi, elle et toutes les autres, et puis j'essaie les poneys. Que voulez-vous, il faut bien espérer, il faut bien tenter. Toujours.

– Vous allez emprunter ?

– Un peu, encore. Pas beaucoup, j'espère. J'ai un filon pour des poneys irlandais pas trop chers. Mais il faut que je vende mes juments et ça me fait deuil...

L'homme soupira en approchant du corral.

– Oui, ça me fait deuil. C'est le pépé qui disait toujours cela..., ça me fait deuil.

Le docteur Ardan s'appuya contre la barrière du corral. C'était une grande poche de verdure, mousseuse, tendre, drue sous un horizon tout festonné de grands saules et de peupliers. Quelques collines nues faisaient le dos rond, au loin, sous un ciel d'opaline, pur, scintillant comme un grand lac. Tout un peuple de nuages dodelinaient, se bousculaient, roulaient sous le vent d'automne puis s'enfuyaient comme des ailes d'oiseaux. Quelque chose palpitait, là, qu'il n'avait peut-être jamais senti, ni dans l'enfance, ni au meilleur temps de son mariage à Mascaraàs ; quelque chose qui vivait là, tremblant, invisible, suivant le pas allègre et fier de ces chevaux à vendre. Il lui sembla que, plein de bruissements étranges, son cœur s'élargissait.

Plusieurs chevaux marchaient ou trottaient à petites foulées, lançant leurs belles têtes dans la lumière comme un grand salut au soleil de septembre. Ils s'avancèrent vers la barrière quand ils reconnurent leur maître mais s'arrêtèrent à la vue de l'inconnu.

– Celle qui a la crinière et la queue auburn, là-bas...

– Oui ? Elle a six ans, une belle pouliche, un peu teigneuse, une coquette. Mais brave.

– Allons la voir de plus près, si elle est en bonne forme, je...

Le docteur Ardan hésita encore un instant, comme on peut hésiter au bord d'un serment, puis il reprit d'un voix ferme :

– Je vous l'achète.

L'homme ouvrit des yeux et une bouche comme un four.

– Ben ça, alors, vous allez être un docteur à cheval ?

– Pourquoi pas ?

– Ça vous coûtera, question maréchal, et foin, et vétérinaire... Faut le savoir, docteur, les animaux, c'est un gouffre.

– L'humanité aussi.

– Moi, je vous disais ça par honnêteté, ajouta encore l'homme en levant la barrière de bois.

4.

Quand il entendit le pas de la jument sur les pavés du pont, Polite en lâcha sa cigarette papier-maïs.

– *Diùbiban de couillon !* Qu'est-ce qu'il nous a fait encore ?

Et, de son pas claudiquant, Polite alla secouer sans ménagement le vieil Ardan, qui avait ses habitudes de sieste subite qui le prenait ici et là, à la bergerie, dans la cuisine, au potager. Cette fois-ci, il s'était assoupi sur le vieux banc de pierre, sous les châtaigniers.

– Hein, quoi, que dis-tu ? Mon chenapan de fils..., et à cheval ! C'était donc vrai !

Le docteur Ardan avait mis pied à terre et passait sous la poterne avec sa jument. Déjà, sa mère se pressait de son petit pas vif, secouant son torchon et songeant si fort qu'elle crut presque le dire tout haut : « Dieu du ciel, Dieu du Béarn, sainte Marie, et par tous les saints os de la reine d'Albret, faites qu'Amélie voie son époux, faites qu'Amélie, où qu'elle puisse être, voie le retour de Centulle ! »

Elle s'arrêta, le cœur tout battant, affolé de tant d'émotions en un seul jour. « Le jour de la transhumance de Froidure ! Dieu du ciel, nous faire ça le jour du retour de la transhumance ! » Elle se sentit encore plus petite et plus vieille dans les bras de ce grand fils, froid, raide, en paletot militaire, botté comme un hussard.

– Sais-tu que c'est le grand jour du retour du troupeau ? Du premier retour du premier troupeau de ton fils Frédéric ?

– Je le sais, mère, on en parle dans tout le pays. On dit aussi qu'il est fou d'avoir choisi des bêtes à lait et à transhumance, ici, en Vic-Bilh.

– Allons, allons, grogna le vieil Ardan, pas déjà des reproches !

– Pourquoi ne lui avez-vous pas conseillé de faire de l'anglaise, de la bête à viande ?

– Parce que tu es le premier à savoir que Froidure n'écoute jamais rien ni personne ! D'ailleurs, cet enfant n'est pas idiot ; contrairement à ce que tu as toujours pensé. Il dit qu'avec la concurrence des brebis d'Espagne ou de Nouvelle-Zélande, qui arrivent congelées à quinze francs le kilo chez les ménagères, on ne pourra pas faire face. Alors que le lait..., ça fera toujours du fromage !

Le docteur Ardan ne répondit rien, agréablement surpris, au fond, de se sentir dépassé par un problème économique et de découvrir que son fils l'avait anticipé. Il y eut un silence, lourd de l'espoir qui naissait enfin dans le cœur du docteur Ardan. Pendant ce temps-là, Polite tournait autour de la jument.

– Belle bête, murmura Polite.

– N'est-ce pas ? Elle ressemble à celle que j'avais au Tchad. Elle s'appelle Jonquille.

– Donne-la donc, grogna encore Polite, que je te la mette au pré.

– Merci, Polite, murmura le docteur en tendant les rênes.

Puis il suivit ses parents à l'intérieur de la demeure.

On attendait. On attendait depuis deux jours ; c'était la révolution. Séverine était partie au supermarché de Morlaàs avec Anna, qui n'avait pas encore repris ses cours à Bordeaux. Joseph et Irolie allaient arriver, dès les canards nourris, ainsi que les parents d'Anna. On attendait, on attendait. Guilhem allait s'occuper du vin, enfin il avait promis, s'il arrivait à lâcher ses veaux en batterie qui lui donnaient bien du souci.

Et on attendait, on attendait, on ne savait pas bien où était Froidure. Des bruits couraient, depuis les estives de la vallée d'Aspe, claquant ici et là dans le pays. Le camion de lait disait avoir parlé avec un postier qui avait entendu dire que les bêtes avaient quitté les hêtraies de Borce dès l'aube.

– Et avec la coopérative ça se passe comment ? demanda le docteur en acceptant le verre de vin que lui servait sa mère.

– Comme ci, comme ça ; le premier agnelage, ça n'a pas été une vente extraordinaire. Sous prétexte que Froidure est nouvel adhérent, le vieux Castaing, il ne les lui a pas fait vendre au meilleur prix. C'est toujours les copains qu'il adresse aux meilleurs bouchers... Et puis les mères étaient un peu âgées... Tu comprends, Froidure a préféré prendre un troupeau qui avait déjà ses habitudes...

Le docteur Ardan ne put s'empêcher de hausser les épaules d'un air désabusé, mais il sentit la main encore ferme de sa mère sur son épaule.

– Fils, c'est une belle journée aujourd'hui, puisque te voilà revenu, puisque ton fils revient de transhumance. Partageons-la comme un vrai cadeau du ciel.

– Et si on appelait la coopérative, pour savoir par

où peuvent passer les troupeaux ? insista-t-il encore d'un ton qu'il voulut plus léger.

Son père haussa les épaules.

– Inutile ! Ils ne savent jamais rien ! Trois mois de tranquillité sans les éleveurs, c'est tout ce qu'ils espèrent de la transhumance ! En ce moment, ce gros embusqué de Castaing, il est seulement en train d'ouvrir un œil sur son tiroir-caisse !

Peu à peu, le soleil déclina sur la vallée. Déjà, les vols de palombes et d'oiseaux migrateurs se lâchaient dans le ciel en de gros nuages gris, vivaces et tourbillonnants. Ils jetaient des cris de joie mêlés à la détresse de leur mort ou de leur grand départ prochain. Les murs de Mascaraàs vivaient cette bonne et grosse vie d'autrefois, la vie comme au temps d'Amélie. Polite et le grand-père s'activaient, heureux de retrouver les bêtes, de remplir les bergeries de paille propre et odorante.

Malgré Séverine, qui avait ses idées à elle sur la propreté, Polite, en plus de la bergerie, avait aussi, à sa manière, préparé la grande salle pour ce beau jour. Il avait jeté des grands coups de serpillière sur les dalles noires, poussé un torchon sur le buffet et la table, craché sur quelques taches, gratté de l'ongle les crottes de bêtes qui marquaient le sol ou le bois.

L'arrivée de toutes les femmes bouscula ce qui restait de calme dans la demeure. Séverine, les bras chargés de sacs de supermarché, grogna tout de suite après Polite et lui ordonna de lâcher le torchon crasseux avec lequel il essuyait des verres. Outré, Polite s'en fut, crachant ostensiblement devant Séverine dans les cendres de la cheminée, tandis qu'Anna, cachant un sourire, ouvrait des paquets, dépliait les chapelets de saucisses à griller et commençait à les enduire de graisse d'oie. Séverine posa près d'elle, sur la grande table, des pots de terre. Elle avait la mine fâchée et secouait ses boucles oxygénées sur un tee-shirt vert qui hurlait comme un damné.

– Ce Polite, il ne me supporte pas dans la maison... Tu sais comment il me salue, tous les matins ?

Anna secoua la tête.

– *Adichat la bloun coum u crimalh !* Salut la blonde comme une crémaillère. La fausse blonde, quoi...

– J'avais compris, répondit Anna, mais, tu sais, Polite et les femmes, ce n'est pas une référence.

– Peut-être, mais ça fait rire Froidure, et le grand-père !

Anna sentit la douleur de Séverine, palpable, présente entre elles deux, comme Froidure.

– Tu n'as jamais pensé à lui répliquer au nez que Polite et l'esthétique, c'était *lou crimalh qu'es trufabé déou caüté ?*

Séverine abandonna un petit soupir en continuant d'astiquer sa série de verres.

– La crémaillère qui se fout du chaudron... ou l'hôpital de la charité... Bien vu ! Si j'osais seulement lui répondre... Mais, tu sais, je ne suis que la gouvernante, comme disait le cousin Alain, la gouvernante... On me supporte ici parce qu'on a besoin de moi, mais ils n'attendent tous que toi..., la vraie maîtresse de Mascaraàs.

Séverine fixa une tache invisible sur l'un des verres. Puis elle eut une mimique de tout son visage rond, secoua ses boucles et recommença à astiquer fort. Anna ouvrit la bouche pour répondre quand Irolie fit irruption avec son balai, suivie du silencieux oncle Joseph, qui se dépêcha de disparaître.

– Maîtresse ! Maîtresse de quoi ! Je vous demande

un peu ! C'est pas pour te critiquer, ma petite Séverine, tu fais ce que tu peux et tu fais même plus d'heures qu'on ne t'en paye, mais que veux-tu, pour entretenir Mascaraàs, il faut y vivre, jour et nuit, samedi et dimanche compris ! La pauvre vieille Ardan n'y suffit plus, elle y laissera ses os.

Anna leva les yeux au ciel en souriant, incapable d'arrêter le flot de paroles de Tantie.

D'ailleurs, la terre, c'était tout ou rien, qu'est-ce qu'elle s'imaginait, cette nouvelle jeunesse, à tirer les marrons du feu, de la terre et de la ville en même temps... On voyait ce que ça donnait, ces fermes nouvelles avec des femmes qui n'étaient plus des maîtresses, des *daunes*, puisqu'elles travaillaient à la ville pour ramener la pâtée mensuelle ! Et Mascaraàs, encore plus qu'un autre domaine, avait besoin d'une vraie maîtresse ! Et quand donc Anna allait-elle l'épouser, ce fou de Froidure, avec ces idées de transhumance, et ces trois mois d'estive ! Et que devenait Mascaraàs pendant ce temps-là ? Une ruine, parfaitement, une ruine de ruine, avec de la poussière qui tombait des poutres, et l'évier de la cuisine qui fuyait, et le gros rat de la resserre à vin qui les narguait toujours, et les fenêtres qui geignaient !

Anna et Séverine éclatèrent de rire et se sauvèrent à la cuisine pour s'y laver les mains. Tantie les poursuivait toujours de son balai et de ses idées fixes mais Anna, toujours riant, s'en fut plus vite qu'elle et grimpa à l'étage. En entrant dans la chambre de Froidure, elle alla d'abord à la fenêtre regarder le jardin, le pont, le chemin. Toujours personne. Les têtes des arbres s'agitaient doucement au-dessus du pont désert. Elle soupira. Elle n'en pouvait plus d'étreindre son cœur et les émotions qui s'y bousculaient. Épouser

Froidure, là, maintenant, aujourd'hui... Elle tourna autour du lit, passa une paume tremblante sur le jeté au crochet blanc. Elle s'allongea, le nez dans le coton à l'odeur rêche et parfumée, l'odeur de Froidure, comme celle de la terre et du vent.

Elle ferma les yeux et crut entendre le grand rire de Froidure, la colère de ses ordres, ce ton si doux et si ferme de la voix qu'il prenait en parlant aux brebis. Mais non, ce n'était pas lui encore, c'étaient des voix graves d'hommes âgés et raisonnables, l'ancien et le nouveau médecin du pays, devisant de leurs malades, allant et venant devant les rosiers d'Amélie. Pour ce grand jour, au moins, il était revenu à Mascaraàs, le père prodigue.

Anna se releva et descendit quatre à quatre les marches du vieil escalier, passa la porte laissée ouverte qui baignait le vestibule d'une grande vague inhabituelle de lumière et sortit dans le jardin. Elle s'approcha des deux médecins et, familièrement, passa un bras sous un bras de chacun des hommes. Ils se sourirent.

– Tu as vu cela, hein, Anna, le meilleur de mes diagnostics ! J'avais prévu que cette sale caboche de militaire nous reviendrait, et à cheval, encore !

Ardan eut un sourire bourru et fixa la pointe de ses bottes tandis que le vieux docteur ricanait tout bas. Puis ils contemplèrent à nouveau le jardin, devinant, derrière les branches qui se dépouillaient, le creux tendre et doux de la vallée, ses plis secrets, ses cicatrices dociles et ce chemin encore mystérieux par lequel Froidure devait conduire son troupeau, son premier troupeau.

– Il sera si heureux de vous voir, murmura Anna.

Ému, le docteur Ardan fixa à nouveau le bout de ses bottes.

On entendait Guilhem argumenter sur le madiran. Il aidait le père de Séverine à rouler les petits tonneaux sur les dalles de la grande salle. Le père de Séverine était tout fier de dire qu'il avait posé sur ses pompes à essence un carton marqué au Bic « Fermé pour cause de transhumance ».

– Comme ça, si un couillon il en veut vraiment, de la gazoline, il sait où te trouver ! s'écria Guilhem en forçant un peu son rire.

Allons, cela allait être une belle fête, et de belles retrouvailles. Le frère revenait, le fou des moutons et des montagnes. On allait avoir un peu de temps pour rire, pour se saouler, pour retrouver la bonne vieille entraide d'autrefois. Et Guilhem força un peu sur l'espoir, comme on peut forcer sur la boisson.

Soudain, un cri retentit. Une voix d'enfant qu'Anna ne reconnut même pas. « Les voilà ! » Ce fut un grand bruit, une jolie précipitation au milieu desquels la grand-mère ne cessait de joindre les mains, de les ouvrir toutes grandes vers le ciel et de les joindre à nouveau. Tous traversèrent le jardin, passant la poterne, le pont, jusqu'à la placette de l'église. Mais Anna s'immobilisa, laissant courir les autres à l'avant. L'émotion et la stupeur lui coupaient le souffle. Elle croyait sentir son cœur trembler comme une bête sous la légère toile de coton de sa robe et déformer sa poitrine maigre. Elle plaqua les mains sur elle et regarda droit devant.

Tout le creux du chemin était noyé de bêtes qui, flanc à flanc, montaient vers elle comme la crue d'un fleuve. Les têtes branchues des mâles hérissaient ici et là le flot compact de la laine. Des grappes de clochettes claires montaient du flot, lâchaient leurs notes métalliques comme autant de chants de bienvenue et de cris de joie. Elle reconnut d'abord Oursou, le chien, crotté, amaigri, bondissant, mordant les flancs, jappant, disparaissant dans un nuage de poussière pour revenir, plus teigneux que jamais, aboyer auprès de quelques agnelles qui, les pattes rompues, alourdissaient la marche de la troupe.

Enfin, elle le vit.

Il marchait d'un bon pas, ni trop lent ni trop pressé. Non, il n'allait pas courir vers elle, certes non. Avait-elle vraiment cru, ou espéré, qu'il lâcherait son long bâton, enverrait voler sa cape comme un chevalier des contes d'autrefois ? L'avait-elle vraiment cru ? Était-elle déçue ? Elle ne savait. Elle restait pétrifiée, tandis que les autres couraient et applaudissaient sur le passage du troupeau.

Joseph avait retiré son béret et faisait de grands gestes silencieux en se tapant sur les cuisses. Il était écarlate et ouvrait la bouche comme un poisson leurré. Tous les gars du bourg et des alentours étaient là, dont certains, couverts de sueur et de poussière, semblaient avoir accompagné le troupeau depuis une longue trotte.

Peu à peu, il approchait.

La tête du troupeau, toute faite de bosses dodelinantes, passait déjà le pont sur le Léez. Face à Anna, il avançait toujours, le poitrail tendu comme un guerrier, frappant d'un mouvement lent et régulier le chemin de son long bâton de prophète. Froidure, Froidure le berger, l'homme des hauteurs, des estives lointaines, l'homme qui avait goûté le plaisir de la liberté, qui s'était abreuvé du vent fou des montagnes, qui avait respiré le parfum entêtant des digitales sauvages, qui n'avait conversé qu'avec son chien, ses brebis, qu'avec le vent de la nuit, qu'avec les étoiles et les orages d'été, Froidure était-il toujours le même ?

Ce pas était bien le sien. Sa large poitrine, couverte de sueur et de poussière, montrait la même force. Les pommettes noircies, le front buté, les cheveux hirsutes luisaient sous les rayons du soleil. On le touchait. Il embrassa Joseph, puis Polite qui se cramponna à son bras, puis Tantie qui se mit à pleurer et les grands-parents, minuscules brindilles séchées qui faillirent être emportées par le flot des bêtes. Froidure chassa les brebis à grands cris, il frappa du pied, donna de la voix, puis laissa retomber de ses bras sa minuscule grand-mère.

Guilhem surgit aussi, paraissant plus grand, plus mince que Froidure ; ils s'étreignirent et de grandes volées de poussière jaillirent des tapes sur le dos de Froidure. Guilhem eut un sourire radieux, un sourire d'autrefois, d'enfance et d'amitié.

Froidure se remit à marcher, lentement, enfin, vers Anna. Ses longues jambes noires de crasse, de poussière, n'avançaient pas plus vite qu'il n'est nécessaire au désir de montrer à tous comme il était là, présent, et fort, et patient.

Anna ne pouvait toujours pas bouger. Elle restait immobile, les mains croisées sur la poitrine, et le flot de bêtes se fendait autour d'elle, la bousculant. Elle sentit contre ses jambes nues la crasse grasse et rêche de la laine, les griffes des insectes et des herbes folles qui poussent dans les toisons. Elle ne bougea pas, sentant seulement osciller son corps, tanguer toute sa personne, comme une chaloupe perdue en mer. Soudain, il fut là, immense, sale, hirsute, noir, resplendissant, un guerrier sans casque ni armure, un soldat sans arme, un homme, tout simplement un homme debout. Sans lâcher son bâton, il l'enserra entre ses bras ; elle respira l'odeur fiévreuse et forte qui suintait de sa peau, de ses vêtements, de sa toison. Il embrassa ses lèvres avec fougue, la serra encore plus fort. Elle crut entendre des cris de joie et des rires autour d'eux, elle crut l'entendre murmurer à son oreille, à ce soir, à cette nuit, mon amour, puis il la lâcha et avança à nouveau avec le reste du troupeau.

Quand elle se retourna, étourdie, le docteur Ardan descendait à pas lents de la poterne. Certes, le troupeau n'allait pas passer la poterne ; le chien, déjà, aboyait pour faire contourner la propriété par le bas en longeant le rideau de peupliers pour rejoindre la bergerie.

Froidure s'était arrêté. Les deux hommes enfin s'étaient rejoints. Ils se serrèrent la main. Anna sentit la réticence honteuse du docteur, qui redressait son grand corps sévère au garde-à-vous, mais son fils le prit dans ses bras. Ils restèrent ainsi, quelques instants embrassés, puis Froidure rompit l'étreinte et avança à nouveau avec ses bêtes. Bientôt, tous disparurent dans le pli du chemin qui passait derrière Mascaraàs.

À la tombée de la nuit, Polite alluma le feu dans la cheminée, fixa une grille pour les saucisses tandis que les poulets sur les broches achevaient de dorer. Guilhem mit en perce, sur le buffet, un autre tonneau de vin. C'était vraiment une jolie fête, mais il aurait voulu trouver un moment pour parler de ses veaux à Froidure. Cependant, il eut honte et sa honte lui fit mal. D'ailleurs, Froidure parlait, parlait, faisait de grands gestes, racontait la beauté des estives, le danger des ravins, les bêtes affolées par une odeur de sauvagine, et ses premiers fromages, totalement ratés malgré les conseils d'un berger plus expérimenté. Quand Froidure apprit que son père avait une jument, il explosa de joie :

– Une jument ! Père, tu as acheté une jument ? Mais tu es plus paysan que tous les paysans encore vivants sur cette terre !

Tout le monde voulut aller voir la Jonquille ; on partit, le verre à la main, vers le pré où la jument, mâchouillant l'écorce d'un frêne, regarda d'un œil méfiant la petite troupe avinée qui venait troubler son repos.

Le vent frais de la nuit en ayant dégrisé certains, on but encore plus, on trancha encore du pain pour les dernières saucisses et quelques pâtés et saucissons qui firent office de dessert. On eût dit que Froidure n'avait pas mangé depuis trois mois. Un gars sortit son harmonica, les anciens de l'école qui étaient présents entonnèrent le Charles Trenet, l'on mangea encore et l'on but encore plus.

Ils partirent enfin dans la nuit noire ; les feux des voitures, des bicyclettes, des mobylettes dansaient de droite et de gauche, oscillant d'un côté et de l'autre des routes étroites. Des rires et des coups de frein, des klaxons joyeux retentirent loin et longtemps dans la vallée.

Froidure monta l'escalier en hurlant *se canto, que canto*, soutenu par Anna. Quand ils furent enfin seuls dans la grande chambre fraîche au jeté de lit de crochet blanc, Froidure se tint tout droit, immense, vacillant. Il se dressa vers Anna, leva les bras en croix et murmura « ma belle, ma beauté ». Anna eut envie de rire et de lui demander s'il parlait d'une brebis. Il murmura encore « je suis heureux, si heureux... », et soudain, comme un arbre abattu par l'orage, il tourna sur lui-même et tomba tout d'une masse sur le grand jeté de lit blanc. Il dormait déjà. Un souffle rauque soulevait sa poitrine. Anna se glissa sur le lit, tenta de le tirer vers les oreillers mais elle renonça. Elle resta un moment à le regarder puis s'endormit enfin, la tête sur la poitrine de Froidure d'où montait l'odeur de la sauvagine et du vent d'Espagne.

5.

Au fond du jardin du presbytère, il y avait un enclos et une haute cabane, un appentis qui avait servi à tous les savoirs des curés d'autrefois, porcherie, clapiers, resserre à bois, établi. Les ans et les rafistolages divers donnaient un air informe à cette indigente cabane lorsque le docteur Ardan décida de la transformer en écurie pour sa jument. Il était attelé à scier des planches avec l'aide du vieux père Auger, l'aïeul de la dernière grande ferme du village, en face de l'église, quand il entendit un bruit de camion au gasoil pétaradant.

Il n'y prit pas garde et crut, en entendant la grille de son presbytère grincer dans ses gonds rouillés, qu'un patient avait besoin de lui. Quand il se redressa, Froidure était devant lui, tenant une large caisse entre les bras. L'effort le faisait paraître encore plus grand et plus fort. Il cambrait un buste large, dans une chemise d'un bleu délavé qui laissait passer des morceaux de pans sur un large pantalon de velours sombre. Depuis son retour de transhumance, il avait coupé ses boucles noires et hirsutes, nettoyant ainsi la force sauvage de son visage. Ardan était sans illusion sur cette discipline factice mais il fut heureux de cette coupe militaire qui donnait l'illusion de la raison.

– Un petit cadeau de bienvenue, dit Froidure en déposant la caisse.

Il poussa le couvercle, et deux chèvres, grosses comme des peluches, en sortirent, eurent un regard effaré puis se mirent à gambader.

– *Diùbiban de hilh de pute !* s'écria le vieil Auger. Ben, vous en v'là, des emmerdements !

– Allons, père Auger, dit le docteur Ardan en esquissant un sourire. Merci, Froidure, ajouta-t-il sans oser s'approcher de son fils ni l'embrasser.

Froidure suivait des yeux le couple de chevreaux.

– Je les ai ramenés de la vallée d'Aspe. J'y ai fait la connaissance d'un jeune couple qui en élève tout un troupeau. Nous avons échangé brebis contre chevrettes. Mais enfin...

Il hésita, baissa un peu les yeux, reprit quelques instants sa tête de petit garçon inquiet et fautif.

– Enfin, j'ai pensé... que ça te ferait plaisir.

– Merci beaucoup, mon fils. C'est un joli cadeau. Il suffira d'allonger l'écurie prévue...

– Oui, c'est cela. Bonne idée, il suffit de consolider le petit enclos pour protéger ton jardin. Je peux vous aider...

– Non, non... Le père Auger et moi, nous nous en sortirons très bien. Occupe-toi de tes bêtes, je sais que tu as beaucoup à faire depuis le retour de transhumance.

– Oh, ça va. J'ai pris un troupeau pas trop jeune, pour qu'il sache des choses..., mais l'inconvénient, c'est que j'ai eu pas mal de maladies, et il faut que je les surveille comme le lait sur le feu... La moindre plaie, la moindre toux, le plus petit affaissement de l'échine, la moindre boiterie, il faut que j'aie tout à l'œil.

Le docteur eut un serrement de cœur. Il avait rêvé un fils si fort et si puissant et il se l'imagina soudain misérable, inquiet, à genoux des nuits entières, à badigeonner les pieds malades et puants des brebis, à brûler et à tailler dans la corne des sabots jusqu'à en suffoquer.

Le vieil Auger crut encore nécessaire de donner son avis.

– Et cette crapule de Castaing, qu'est-ce que tu crois, mon gars, qu'il va te donner pour la laine et les agneaux ?

Le docteur ne laissa pas son fils répondre.

– Allons, père Auger, vous voyez bien que mon fils a ses idées, c'est un têtu.

Le vieux eut un hochement de tête dubitatif et se remit à clouer le mur de planches tout de guingois. Chaque coup de marteau faisait se soulever les pans de bois disjoints.

– Le père Auger a raison, reprit Froidure.

Son visage était calme et lumineux.

– Il faut se battre, continua-t-il. Le vieux Castaing, j'aurai sa peau, un jour ou l'autre..., moi et d'autres jeunes du pays. On a nos idées pour faire vivre le pays, et décemment, et sans magouille.

Le docteur Ardan hocha la tête de la manière la plus convaincue possible.

– Bon courage, mon fils. Je te souhaite de réussir, sincèrement, puisque tu as trouvé ta voie.

Froidure baissa la tête, puis sourit encore et regarda son père bien en face.

– C'est bien que tu sois rentré au pays. Mais tu

aurais pu revenir à Mascaraàs et t'éviter la dépense du presbytère.

Centulle Ardan se baissa pour cacher son trouble et chercha son marteau d'un air affairé. Tournant à demi le dos à Froidure, il murmura :

– Non, c'est bien ainsi. Et puis Anna va bientôt s'installer..., n'est-ce pas ?

Froidure leva les bras au ciel.

– On se plaint des paysans ! Mais il y a pire, il y a les artistes ! Dieu sait ce qu'elle a dans la tête ! *Diù sab ço qui ère a héns lou cap !*

Déjà, Froidure s'éloignait à grands pas.

– Je me sauve, cria-t-il en passant la grille, il faut que j'aille séparer mon troupeau ; pas question de laisser batifoler les béliers avant le bon moment !

– Mais c'est dimanche ! s'écria le docteur en le suivant jusqu'à la croix de fer.

– Il n'y a pas de dimanche pour les béliers ! répondit Froidure en montant dans son camion.

– Et pour Anna, tu y penses, à Anna ?

Froidure songea que le docteur Ardan s'inquiétait plus du sort de sa future belle-fille qu'il ne s'était jamais inquiété de celui d'Amélie, mais il se contenta de répondre d'une boutade, en agitant le bras par la fenêtre de la portière et en faisant pétarader le moteur Diesel :

– Et pas plus de dimanche pour les peintres !

Le camion descendit la petite côte du cimetière, dodelinant de droite et de gauche avec un bruit de vaisselle cassée. Le docteur Ardan tapa de son marteau sur la paume de sa main et secoua la tête d'un air navré.

Froidure songea un instant à remonter à la maison, découvrir encore une fois le corps nu d'Anna. À cette heure si matinale, sans doute dormait-elle encore, elle qui avait si vite perdu ses horaires de campagnarde pour se lover dans les soirées tardives et les matinées plus tardives encore de la vie d'étudiante. Depuis quelque temps déjà, ni elle ni lui ne se préoccupaient plus guère de sauver les apparences, comme de ramener Anna en pleine nuit à la porte de ses parents, alors que le village tout entier était capable, dans un demi-sommeil, de nommer toute grille grinçant après onze heures. Il soupira. Après toutes ses années à Bordeaux, aimait-elle encore Mascaraàs ? C'est-à-dire, lui ? Mais il secoua la tête, faisant danser le volant entre ses mains fébriles. Balivernes. Ils étaient l'un à l'autre, pour toujours. Et, dans un grand frisson de tout le corps, il revit devant ses yeux le grand rideau noir des cheveux défaits d'Anna, mêlé au grand rideau de peupliers qui cernait la maison ; rideau de cheveux qui tombait sur la peau dorée, satinée, qui roulait sur les seins ronds, dans le creux tendre des reins, rideau de peupliers qui tombait sur les mamelons de la vallée et les plis tendres et parfumés de la terre ; rideau de pluie qui nappait les champs assoiffés, rideau de cheveux, toujours, tombant sur son visage pétrifié par le plaisir comme un ciel d'orage, ciel de lit, ciel d'amour, ciel du Béarn, mer de nuages et mère de toutes les mères, et d'un autre enfant, un jour, pour Mascaraàs.

Sans même s'en rendre compte, il était parvenu à la lisière de son domaine. Il mit le pied sur le frein, oubliant tout. Dans le tournant de la route, tout rassemblé sur une bosse verte qui émergeait de bosquets dorés sous le soleil d'automne, son troupeau était là. Ses béliers, ses agnelles, ils étaient tous là, la laine toute grise du long voyage, les pattes encore faibles, l'échine un peu creuse, mais dans l'ensemble tous beaux et bons et doux, même ces teigneux de béliers, qui, à cette distance, avaient des airs d'agneaux de M. de La Fontaine, avec un air chrétien à piéger le premier venu.

Froidure bondit hors du camion qu'il gara près d'un remblai. Sacré Polite, toujours bon pied bon œil. Il avait déjà sorti les bêtes et, tranquillement, attendait les ordres du jeune maître pour le partage du troupeau. Oursou, le labri, avait entendu le crissement des pneus et jappait, effrayant quelque peu le troupeau qui s'éloigna d'une seule masse sur quelques mètres.

– Suffit, suffit, mon beau !

Froidure marchait à grands pas vers la colline, caressant le chien, faisant de grands gestes à Polite qui l'attendait, les mains croisées sur son long bâton, la lèvre pendante sur sa cigarette papier-maïs.

– Merci d'avoir sorti le troupeau.

– Me suis dit, avec Centulle, ça risque de durer... Entre cabochards...

– Mais non, ça s'est bien passé... Pas de problèmes avec les chiens du fils Auger ? Ces bâtards-là, un de ces jours, je vais les fusiller !

– Tu sais bien que c'est interdit, répondit Polite, placide.

Froidure haussa les épaules. Il le savait qu'on ne pouvait défendre ses bêtes comme on l'entendait, qu'il fallait attraper le chien, vivant, et par la peau du cou ou ce qu'on pouvait et l'amener avec l'objet du délit face au propriétaire pour que les assurances remboursent. Froidure soupira, tout était tellement plus compliqué que ce dont il avait rêvé.

– Allez, on y va. Les mâles par ici, les autres, elles restent avec toi.

Polite cracha sa papier-maïs.

– On est chanceux ; l'hiver sera tardif, c'est toujours ça d'économisé pour le fourrage.

Ce ne fut pas une petite affaire d'éloigner les mâles qui trépignaient, grattaient du sabot et baissaient la tête, l'air frondeur, le chanfrein agressif, la corne menaçante. Oursou montra les crocs, Froidure fit vibrer ses cordes vocales de ce son strident qui le ravissait et qu'il avait appris sur les estives, entre cri et vocalise, entre colère et force, mi-cri d'oiseau, mi-grondement fauve.

À peine étonnées, les vieilles femelles trottaient de-ci, de-là, se remémorant les habitudes, ces changements qui surviennent toujours après le long voyage des estives. Déjà, dociles, elles s'éloignaient des mâles, se regroupaient en un nouveau cercle d'habituées, hochaient la tête et se remettaient à brouter.

Rassuré, le cœur battant comme chaque fois qu'il tentait un geste nouveau sorti de son livre d'apprentissage, Froidure poussa une barrière branlante hérissée de fils de fer qui tenaient les bouts de bois en accordéon. Il poussa son cri, bouscula l'arrière du troupeau des mâles qui, dans un tremblement de la terre, se rua dans un petit chemin et alla, d'un pas tonique et régulier, vers une autre colline. Froidure referma la clôture, qu'il n'aimait guère, sur le dernier bond d'Oursou. C'était en bon élève qu'il avait appris les nouvelles lois, les nouvelles normes. Il se souvenait de ses années de lycée agricole, de ses cahiers dans lesquels, quand un cours l'ennuyait, il calculait et calculait à nouveau combien de kilomètres de barrières grillagées il lui faudrait poser autour des parcelles de

Mascaraàs pour y parquer ses bêtes. Il les avait posées, avec Polite, avec Joseph, avec Guilhem, même, quand ses veaux lui laissaient un peu de temps. Il en avait posé à cauchemarder pendant des nuits entières, de ces énormes pelotes vicieuses, hérissées de dents argentées, qui agrippaient la peau, les doigts, le poil et le cheveu. Mais c'était fait, et bien fait ; tout Mascaraàs était clôturé comme pour empêcher le malheur d'y mettre un doigt de plus, d'y mettre plus qu'il n'avait déjà fait en emportant Amélie. « Maman, songea Froidure en regardant ses bêtes trotter devant lui, maman, j'espère que tu peux voir mon troupeau ; il est un peu vieux mais vaillant, les mères sont âgées mais encore fécondes, il grandira, et d'ailleurs, maman, à ce salopard de Castaing je ne les vendrai pas, mes prochains agneaux, non, ils grandiront, prospéreront et couvriront un jour les collines de Mascaraàs. »

Et Froidure marchait du pas solide de l'homme de bien, vaillant, plein d'espoir et de rêves. Les vallons tanguaient de droite et de gauche, oscillant en vagues figées dans une mer de verdure hérissée de bosquets, de futaies tendres, de taillis hirsutes et sauvages qui avaient survécu à tous les remembrements. Il avançait comme un marin à l'aube d'une tempête, fendait l'immensité verte, creuse, abrupte, chagrine parfois au détour du chemin, puis rayonnante à nouveau sur un ubac. « Allons, allons, disait-il, mes petits, mes *marrou, marrou, marrou,* comme on dit par chez nous, *borrego, borrego, borrego,* comme disait ce berger d'Espagne, mes beaux petits mâles, bien montés, bien cabochards, bien vaillants... Allons, marchons, marchons, et vous allez me faire une belle lutte, sauvage et féconde, sur vos femelles, une belle lutte. Oui, c'est ce qu'il nous faut, à tous, pour vivre. Pour vivre ici. »

Et, tandis que le ciel d'automne, blanc et bleu et doré sur l'est, sur la chaîne endormie des montagnes, tandis qu'il tournait, comme agité par les ailes d'un moulin, tandis que le vent le brassait en un grand salut, Froidure Ardan rêva à nouveau au rideau de cheveux noirs qui tombait sur son visage comme un ciel d'orage.

6.

Puis l'hiver vint, poussé par un vent froid et sec qui rôdait, brusquant les contrevents, chassant des tuiles ; un vent sauvage tombé de la montagne qui tirait les nerfs, usait les maisons et la patience des hommes. Une nuit que le toit des Daugas avait particulièrement souffert, le père se promit, par colère, par rancœur autant que par vanité, d'aller lui faire sa fête, à ce maudit vent d'hiver. On allait voir ce qu'on allait voir, si à son âge le Daugas n'était plus capable d'aller flanquer quelques bons coups de marteau à son toit, histoire de montrer encore qui était le maître. Ah ! la banque et le progrès lui prenaient ses sous, sa sueur, son honneur ? Eh bien, il restait encore le vent du nord et son mugissement de loup fatigué à qui il pouvait montrer ce qu'était un homme. Malgré les suppliques de son fils et de sa femme, le père Daugas monta sur son toit par le vasistas du grenier, avec des clous et un marteau dans sa musette. À cheval sur le faîte du toit, il clouait à grands gestes, lançant des jurons dans la gueule du vent qui l'ignora un moment, indifférent à cette orgueilleuse brindille d'homme, à ses rodomontades avinées ; mais Daugas n'était pas l'homme d'un petit combat de coqs, d'une petite provocation de café, il se redressa, le ventre tendu, le béret bien vissé sur la tête, le marteau en avant, les yeux fixés sur une tuile branlante, à quelques pas de lui. La tuile tremblotait, déjointée de ses semblables, elle perdait sa place, claquant comme une dent branlante. Le vieux Daugas, oublieux de la puissance du vent, ne pensa qu'à la tuile qui semblait l'appeler à l'aide. Il avança trop vite, son équilibre se rompit, il dérapa ; tout le corps chuta comme une grosse balle de foin et ne fit pas plus de bruit qu'elle n'en aurait fait en s'écrasant sur le pavé de la cour un jour de fenaison.

La messe d'enterrement eut lieu à l'église de Garlin. Guilhem pleurait sans retenue, sans trop savoir s'il pleurait sur son père mort ou sur ses ennuis à venir.

Froidure arriva en retard à la messe ; il avait eu du mal à quitter ses brebis en plein agnelage. Terrassé par l'angoisse, par l'orgue de la petite église, par le visage révulsé de Guilhem et les mines sombres de tous ceux qui croyaient aux mauvais présages, épuisé par trois nuits de veille, Froidure s'endormit sur le prie-Dieu, le visage dans les mains, avec dans la tête la petite musique de Charles Trenet sur fond d'orgue... *Mes jeunes années courent dans la montagne...*, tandis que revenaient, dans un rêve, le gros visage rouge et hilare du père Daugas, le verre de vin qu'il lui tendait et qui brillait comme du sang dans le soleil couchant de l'été, alors, que trempé et dégrisé par son plongeon dans l'abreuvoir, la vie lui semblait, comme à eux tous, à portée de main, à portée de terre. Froidure sursauta, son voisin lui secouait l'épaule. Il se rassit sur sa chaise, songeant que le malheur avait peut-être couru plus vite qu'eux, plus vite que les jeunes années.

Il alla embrasser Guilhem et sa mère, saluer la parenté des cousins qui avec des mines d'huissier s'interrogeaient au sortir de l'église sur le devenir de la ferme. Il s'excusa de ne pouvoir rester.

– Guilhem, je suis désolé... Mes agneaux..., ça sort de partout, on est débordés...

– Bien sûr, balbutia Guilhem. File, on dit que les agneaux, c'est encore plus fragile que les veaux... File donc, on se verra plus tard.

Et Guilhem regarda s'éloigner Froidure.

Le camion fila à travers la campagne. « Maman d'abord, et puis le père de Guilhem... Et pourquoi le malheur nous trace comme ça ? » songeait Froidure.

Il ne retrouva son calme que lorsqu'il gara le camion devant la bergerie. Il poussa avec force les portes métalliques et avec soulagement respira l'air fort de la paille souillée. Des mères pleuraient lamentablement, le ventre gonflé, les yeux révulsés. Même celles qui avaient déjà mis bas agitaient la tête en tremblant.

– Ici, Froidure, vite !

La voix de Séverine couvrit les bêlements.

– Ça s'est bien passé ? demanda-t-elle.

– Comme un enterrement, grogna Froidure.

Elle le regarda d'un air inquiet, et reprit :

– Apporte une autre lampe, vite, on dirait que celle-ci en a deux.

Froidure se précipita. La vie, oui, la vie, toute la vie, plein de vie, des vies doubles si possible, pour oublier la mort, infâme, injuste, mauvaise, inutile.

Polite était déjà à l'ouvrage, calmant la bête de son

patois grasseyant. De l'arrière-train de la brebis pendaient deux pattes gluantes au milieu d'une mare de sang presque noir. Polite saisit les pattes et tira ; le petit tomba avec un gros « floc » dans la paille, tandis que deux pattes à nouveau apparaissaient, qui tombèrent toutes seules, entraînant un corps gris et chétif, luisant et rouge. À genoux, manches relevées sur ses bras dodus, les mains et les bras ensanglantés jusqu'aux coudes, Séverine poussait déjà le premier petit sous la mamelle. À ses côtés, Polite grommelait.

– L'est trop vieille, elle n'en prendra jamais deux..., et le jumeau, il n'est pas vaillant.

Le premier, enfin, tétait, mais la brebis se débattait, essayant même de chasser cet intrus pendu à son ventre douloureux. Elle semblait bêler de fureur.

– Regarde-la, Froidure, comme elle est sotte ! gronda Séverine. Quelle mauvaise mère ! Comment peux-tu aimer ces animaux-là, ça n'a pas plus d'instinct maternel qu'une moule !

Froidure sourit en nettoyant le jumeau d'une poignée de paille.

– Elles ont peur, elles ont mal, elles ont de petites cervelles. Elles ne comprennent pas ce qui leur arrive... C'est comme les hommes...

Séverine haussa les épaules.

– En attendant, qu'est-ce qu'on va en faire, du crevard ? On l'abandonne ?

– Jamais de la vie, cours à la maison, dis à grand-mère d'allumer son four.

Séverine, interloquée, n'eut pas le temps de poser des questions. Déjà Froidure et Polite se rendaient compte que certains petits ne remuaient pas la queue ; on voyait leurs trains arrière mousseux, gris et luisants, comme des petites statues paralysées sous le ventre des mères indifférentes.

Il fallait crier, s'agiter, bousculer les mères qui se serraient les unes les autres, au risque d'étouffer leurs petits, il fallait dorloter, apaiser, tirer la mamelle des mères, l'enfourner dans le museau tendre des agneaux malhabiles. Alors les petites queues se mettaient à battre la mesure, fébriles et joyeuses. Polite et Froidure eurent un grand sourire soulagé et se glissèrent vers d'autres mères. Puis Polite bougea les barrières, formant de petits parcs individuels pour les jeunes accouchées. Une odeur forte, graisseuse, entêtante, alourdissait l'atmosphère déjà chargée d'une chaleur épaisse, qui collait à la peau et glissait sur le cou. Séverine revint. Le four allait être chaud. Froidure roula alors le petit jumeau, tout à fait mou, dans un bout de couverture militaire retrouvé au grenier, souvenir des colonies de son père.

– Là, regarde, un autre. Et pas vaillant non plus ! dit Polite.

– Allez, donne-le aussi, ordonna Froidure à Séverine.

Ils coururent tous deux jusqu'à la maison, où, à peine étonnée, la grand-mère somnolait sur sa chaise, devant le four de la cuisinière à la porte grande ouverte.

– Mon petit..., commença-t-elle.

Déjà, Froidure posait les agneaux sur la table de la cuisine. Ils avaient l'air de choses mortes, écorchées, comme des petites musettes vides. Froidure ouvrit la resserre et en sortit un petit cageot et une bouteille poussiéreuse. Il disposa les petits en boule dans le cageot, au milieu de chiffons, puis, arrachant d'un coup de dent sauvage le bouchon de liège de la bouteille, il le cracha sur le sol, ouvrit la bouche des agneaux et y fit tomber une lampée d'alcool.

– Avalez, les gars, du courage pour vivre, que diable ! Avec cette gnôle, vous n'aurez pas froid !

Il prit alors le cageot et le déposa doucement sur la grille du four.

– Thermostat 1, grand-mère, et la porte ouverte, bien sûr.

Ils s'en furent à nouveau à la bergerie. Le temps passa, des heures et encore des heures jusque dans la nuit noire d'hiver. Peu à peu, les plaintes se faisaient moins pressantes ; cette nuit en avait peut-être pour son compte de naissances. Mais Polite, l'air soucieux, était accroupi près d'une mère qui le regardait de ses grands yeux fixes et noirs.

– Mauvais, on va la perdre, elle. J'ai casé le petit à la grosse boiteuse qui a eu un mort-né, mais elle, elle saigne sans arrêt..., et le cœur, c'est une bombe à retardement.

Froidure blêmit.

– Non, ce n'est pas possible. C'est une des meilleures laitières. Le vétérinaire ? Non, je ne peux pas payer... Il ne reste que...

Froidure avançait de long en large, marmottant tout haut.

– Hé là, Séverine, à quoi tu rêves ? Tu ne vois pas que ceux-là, ils ne tètent toujours pas !

– Mais ça fait deux heures qu'on les raccroche à la mamelle, ceux-là !

Séverine avait des larmes dans la voix.

– Et tu n'as pas pensé au biberon ?

– Le biberon ? répéta stupidement Séverine, serrant ses mains tachées sur son tablier.

Sans un mot, Froidure s'avança vers le fond de la

bergerie et décrocha du mur une grosse bouilloire de fer-blanc d'où sortaient quatre tétines de caoutchouc. Il revint à pas rapides la remettre à Polite.

– Du lait chaud, un peu de sucre, et tu la suspends dans le parc, là. Et toi, Séverine, file téléphoner chez toi, appelle mon père, dis-lui que c'est urgent, j'ai besoin de lui.

– Téléphoner au docteur Ardan ? À trois heures du matin ? balbutia Séverine.

– File ! gronda Froidure. Il viendra.

Outrée par tant de dureté, Séverine arracha son tablier et le jeta par terre. Une colère soudaine apaisa sa blessure et elle tint une petite vengeance facile qui la soulagea. Tandis qu'elle suivait Polite à travers la grande porte ouverte, elle lança d'une voix aigre à Froidure :

– C'est pour imiter ta mère que tu n'as même pas fait poser une ligne de téléphone à Mascaraàs ? Elles sont belles, tes idées qui datent du déluge !

Et elle s'en fut dans la nuit d'un pas rapide et offensé, tirant la lourde porte métallique.

Froidure s'allongea près de la brebis malade, passant sa main dans la houppelande blanche, caressant les belles cornes blondes, enroulées et granuleuses, le chanfrein busqué qui avait perdu sa fierté, qui tombait dans la paille, immobile, sans souffle. C'était à peine si Froidure sentait palpiter les fins naseaux roses, les lèvres au pelage de velours nacré.

– Tu ne vas pas me faire comme le père Daugas, toi, murmura Froidure. Tu ne vas pas nous quitter ? Ma douce, ma moutonne. *Moun agnere...*

Moins d'une heure plus tard, à genoux au chevet de la brebis, le docteur Ardan rangeait ses instruments, seringues et ampoules vides dans sa trousse de cuir.

– Voilà, j'ai fait comme pour une femme..., car je ne sais pas faire autrement.

Il se releva, secouant la paille de son paletot noir, tirant maladroitement sur le col de pyjama qui sortait de son pull.

– Si elle se lève dans deux heures, ce sera bon. Enfin, je pense.

Froidure ne répondit rien, fixant un œil hagard sur la bête.

– C'est toi qui as besoin d'un remontant, mon fils. Et vous autres aussi, ajouta-t-il en s'adressant à Séverine et à Polite, muets et stoïques.

Le docteur donna une petite tape dans le dos de Froidure en murmurant :

– Je t'ai vu, de loin, à la messe d'enterrement de Daugas...

Il se tut, gêné, et ajouta plus bas :

– Tu pourrais peut-être dire à tout le monde d'aller se coucher.

Mais, devant le mutisme de Froidure, il prit sa trousse et se dirigea vers la porte.

Séverine et Polite, silencieux, le visage livide de fatigue, les mains dans le dos, regardaient les bêtes s'endormir enfin peu à peu. Les quatre petits orphelins avaient vidé depuis longtemps le biberon de ferblanc. Ils dormaient, roulés en boule comme des chatons, les uns contre les autres.

– Merci, père, murmura enfin Froidure.

Le docteur Ardan hocha la tête et sortit dans la nuit glacée.

Séverine et Polite restaient toujours sans bouger, bras ballants. Froidure sembla sortir de sa torpeur.

– Séverine, désormais, quand tu arrives le matin, avant les chambres et le café, tu t'occupes de faire chauffer le lait des biberons.

– Tout de même, émit Séverine d'une voix morne, le grand-père aime bien...

– Il s'en passera ! Les agneaux d'abord, et d'ailleurs... Nom de Dieu *de hilh de pute de diùbiban !* hurla-t-il soudain, faisant tressaillir des mères qui se dressèrent sur leurs pattes. Le four !

Ils se ruèrent dehors, rassemblant leurs dernières forces avec une terreur précipitée. Dans la cuisine, la grand-mère dormait sur sa chaise, le menton chu sur la poitrine, emmitouflée dans sa robe de chambre, face à la porte du four ouverte. Les agneaux y dormaient toujours comme des bébés en couveuse. Ils semblaient même avoir grossi, s'être arrondis ; leurs petites lèvres de velours rose tétaient l'air en tremblant.

Alors avec un grand élan d'émotion violente, Froidure enlaça Séverine et Polite.

– On va y arriver ! leur murmura-t-il, des larmes dans la voix. On va avoir le plus joli troupeau de basco-béarnaises, d'ici jusqu'à la vallée d'Aspe !

7.

Castaing, le président de la coopérative ovine, l'avait tout de suite détesté, ce Frédéric Ardan, qui, dès sa première réunion en tant que nouvel adhérent, avait posé de ces sales questions qui vous gâchent une assemblée aux habitudes ronflantes. Et pourquoi fallait-il se battre pour avoir des jetons de présence ? Et comment M. Castaing était-il élu ? Et combien M. Castaing gagnait-il par mois ? Dix mille francs net, à ce qu'on disait, sans parler des notes de frais, téléphone, petits voyages à Paris et à Bruxelles, restaurants et tout et tout... Les éleveurs du Béarn étaient-ils donc si riches pour entretenir un président qui coûtait plus cher qu'un prince consort ?

La dernière réunion avait été si houleuse qu'Ardan et ses amis étaient sortis en pleine séance, menaçant de payer un avocat pour savoir où en était le déficit de la coopérative, qui avait l'air de vouloir rivaliser avec celui de la Sécurité sociale. Ce fut un joli chahut. Castaing hurlait et tapait de la paume sur son beau bureau.

– Vous n'êtes pas contents du prix des agneaux ? Vous avez tort, petits merdeux, ça vous aurait consolés du prix de la laine, cette année !

Ce n'était pas une menace en l'air. Castaing, qui avait payé la laine cinq francs le kilo aux éleveurs, puis trois francs, puis deux, décida, cette année-là, de ne plus la payer du tout.

Froidure, en ayant choisi des bêtes laitières, était pourtant moins malheureux que certains jeunes éleveurs, il avait au moins ce revenu fixe et s'entendait plutôt bien avec la coopérative laitière, qui avait des règles établies, celles du marché autant que celles de la politesse et des bonnes relations.

Mais ce refus de sa laine, Froidure ne l'acceptait pas, et ce fut la rage au ventre qu'il vit arriver le mois de mai poindre son nez humide et doux avec ses grands élans venteux qui balayaient la vallée, étrillaient la peau et les nerfs encore engourdis par un hiver têtu.

Les derniers tondeurs étaient passés, comme à l'accoutumée, de ferme en ferme, chez ceux qui voulaient encore bien de leurs services. Ils arrivaient toujours de bonne heure, portant dans un sac leurs « forces », un bel outil, moitié ciseaux, moitié taille-haie, qu'ils plantaient avec habileté dans la toison de la brebis. Maintenue entre leurs cuisses, elle était déshabillée de sa laine en deux à trois minutes.

Celui qui passa à Mascaraàs était un vieux, à la gaieté silencieuse. Le béret sur la tête, avalant un verre de vin toutes les dix brebis, il souriait aux bêtes, leur parlait d'une voix rauque. Médusée, la brebis se laissait saisir par les bras secs et noueux de l'homme. On entendait le clic-clac des forces, le bruit doux de la laine coupée comme un bruit de soie déchirée, d'eau fendue. Près des bêtes, assis et attentif dans la bergerie, Froidure croyait poser son oreille sur un coquillage vide, comme il l'avait fait, une fois, il y avait des années, à la mer. C'était le souffle puissant et mugissant de la nature qui tombait du manteau de son troupeau. Tout un pan bicolore, noir de peau, blanc de chair, tombait en une seule masse de la bête nue, tremblante, la peau toute faite de velours désormais après la chute de l'épaisse houppelande.

Froidure avait tenu à payer l'homme tout de suite, quoiqu'il ait très bien su ce que Castaing lui préparait. Il lui offrit à boire, à manger, et l'homme repartit sur son vélo, dansant de droite et de gauche sur la route. Les deux hommes s'étaient quittés après un long salut chaleureux, comme désormais on se les faisait entre métiers qui se perdaient, sans être plus jamais sûr de se retrouver l'année suivante.

Polite et le grand-père avaient ensuite aidé Froidure à charger ses kilos de laine sur le camion et il s'en était allé, refusant de se faire accompagner par Polite.

– On ne sait jamais. Tu as déjà pris un mauvais coup un jour, cela suffit ! Tu ne vas pas risquer de perdre ton dernier œil, non ? On serait propres ! Hein, qu'est ce que je deviendrais, sans toi ?

Polite s'éloigna en grognant, traînant sa fourche et son inquiétude de voir la bourrique qu'il avait élevée s'en aller ainsi seule au combat.

Mais Froidure n'était pas seul. Il passa chez d'autres jeunes éleveurs, comme lui décidés à imposer leur marque à la tyrannie de la coopérative. Froidure avait déjà sa petite idée fichée bien en tête.

Chez un des éleveurs qui l'attendait en faisant pétérader son camion, Froidure eut la surprise de trouver Guilhem, excité et furieux d'avoir appris l'expédition par des bavardages.

– Vieux frère, je vais avec toi, clama-t-il.

– C'est pas tes soucis, les brebis. Tu en vois assez avec tes veaux.

Froidure était calme. Il parlait de sa voix décidée, comme autrefois il annonçait qu'on pendrait haut et court Franck au mât de misaine des pirates.

– Laisse-moi aller avec toi ! Et quand j'irai cogner les maquignons de veaux, c'est toi qui viendras avec moi.

Sa face maigre, son menton triangulaire, tout tremblait d'une joie féroce.

– Du calme, frère. On ne va cogner personne. On va seulement leur montrer qu'on existe.

Les quatre camions se suivirent donc sur la route de la coopérative, sous un beau soleil de printemps. Ils freinèrent avec des coups secs qui ameutèrent la coopérative comme des coups de fusil. Le personnel comprit tout de suite l'étrangeté de la situation, sortant précipitamment des bureaux avec des têtes de bureaucrates dérangés dans leur sieste. Le directeur passa une main moite sur son crâne dégarni, une des secrétaires lissait sa jupe, deux comptables et deux techniciens attendaient la suite des événements. Les pots d'échappement pétaradaient dans la cour, face au grand bâtiment principal ; les camions firent de grands cercles et des demi-tours qui permirent aux pots d'échappement et au contenu des camions d'être dirigés vers l'entrée principale de la coopérative.

Castaing arriva enfin, le ventre en avant, la mine compassée, la bouche flétrie comme pour un enterrement.

– *Diùbiban*, mes enfants, que se passe-t-il ? Vous le savez bien que cette année on ne peut pas payer la laine !

Une portière claqua, c'était Froidure qui descendait de son camion. Il sauta sur le long perron où Castaing se tenait avec son personnel serré derrière lui. Guilhem sauta par l'autre portière, il s'avança au côté de Froidure et se rengorgea quand il l'entendit répliquer :

– L'année dernière non plus tu n'as pas payé, Castaing, pas encore, puisque tu places l'argent pendant des mois avant de le donner aux éleveurs.

Le visage du gros Castaing prit une teinte grisâtre.

– Ardan, tu n'es même pas à jour dans tes cotisations, alors, ta laine, tu te la reprends et tu rentres sagement à la bergerie !

Froidure s'approcha encore de Castaing. Il était bien plus grand, mince comme une lame, presque frêle face au gros homme. Castaing ne bougea pas son ventre d'un centimètre.

– Un aller-retour Paris en avion, au restaurant, ça devrait pourtant payer pas mal de kilos de laine..., sans parler des petits chantages aux bouchers, ça doit rapporter pas mal aussi ?

À cette remarque, Castaing lâcha son sourire.

– Ces accusations, Ardan, ça mériterait la prison.

– Vas-y, appelle la police. Ils pourront peut-être en profiter pour jeter un œil sur tes comptes truqués.

Castaing reprit un sourire hilare qui éclaira toute sa face busquée.

– Tu n'y connais rien, Ardan, rien de rien !

– C'est vrai, je ne saurais pas comment voler les éleveurs, piller les cotisations, profiter de la chute des cours, garder les informations.

Castaing fit à nouveau glisser son sourire.

– T'es qu'un fouille-merde, Ardan.

– Que veux-tu, répliqua Froidure, quand il y a de la merde...

Après Guilhem, les trois éleveurs s'étaient approchés de Froidure. Plus timides que lui, ne sachant guère prendre la parole, leurs visages parlaient pour eux, maquillés d'une rage froide et blanche, ulcérés par la colère, l'inquiétude, la peur de la faillite. Castaing eut un mouvement de recul mais il tira d'un geste vaniteux sur sa ceinture de pantalon et bomba le torse.

– Tu peux toujours causer ! Ici, les gars n'aiment pas les causeurs, et ta laine, tu peux te la fourrer où je pense ; cette année, on paye pas et on paye pas, c'est dit.

Froidure eut alors une détente de tout le corps qui fit piailler une des secrétaires. Il avait attrapé le large col de Castaing et l'approcha près de son visage. Ils étaient mufle contre mufle, l'un plein de rage et de mépris, l'autre déformé par la peur et l'humiliation.

– Tu payes peut-être pas, mais tu vas t'en souvenir, de la laine d'Ardan et des autres !

Puis, se retournant brusquement vers Guilhem, il cria bien fort :

– Amène le fusil, le mazout et la dynamite...

Les employés de Castaing laissèrent échapper un hoquet de stupéfaction effarée. Le fusil vola. Avant que Castaing eût lui-même réalisé, Froidure avait bondi de trois pas en arrière et le tenait en joue. Un des éleveurs déposait à ses pieds un carton d'où sortait le bec d'un jerrican.

– Le premier qui bouge ou qui essaie d'attraper un téléphone est responsable de la vie de ce gros porc. Allons-y, les gars, montrez notre belle laine au digne représentant de la coopérative ovine.

Les rabats métalliques des quatre camions tombèrent un à un, comme des coups de hache, claquant sur les roues, laissant échapper des nuées de poussière. Guilhem et les trois autres sautèrent au milieu de la laine entassée et, à grands coups de fourche, commencèrent à la lancer comme des gros ballots de foin mou, comme autrefois dans les champs, quand hommes et femmes travaillaient à engranger le travail de toute une saison. Mais, ce jour-là, c'était un étrange ballet inverse et terrible, celui d'hommes qui jetaient leur travail, qui jetaient leur vie tout entière au bout de leur fourche désespérée. La laine volait, tombait ; des nuées grises, noires de crasse et blanches comme des fleurs de coton, chutaient pêle-mêle devant les yeux effarés de ceux de la coopérative. Le tas grandissait, montait comme une houle furieuse, mouvante qui semblait près de les engloutir tous. Peu à peu, la montagne blanche bougeait, oscillait dans le vent du printemps, un vent qui venait de la montagne, un vent sec qui charriait une odeur de colère du ciel, qui portait tous les parfums de la terre oubliée, humiliée.

Soudain, Castaing réalisa que les camions étaient vides. Il fixait avec plus de terreur ces plates-formes vides que le canon du fusil pointé sur lui. Sans un mot, les trois éleveurs et Guilhem lâchèrent les fourches dans les camions vidés, rattachèrent les panneaux latéraux, puis démarrèrent les camions. Ils s'éloignèrent vers la sortie de la grande cour. Guilhem conduisait le camion de Froidure et le gara près des autres, près du mur d'enceinte. Il lui fit faire une marche arrière rageuse, faisant crisser les pneus. Le camion donnait des coups de tête, de droite et de gauche, et faillit piquer du nez contre le mur. Puis, le pas menaçant, Guilhem s'en revint près des autres collègues et attendit, les bras croisés, résolu, comme eux.

– Reculez, dit Froidure, faisant un geste menaçant vers Castaing et sa troupe, qui, toujours médusée, obéit.

– Tu nous pousses au désespoir, Castaing, toi et tes collègues de la même eau, dit Froidure d'une voix calme. J'espère que tu iras griller en enfer, mais comme je n'en suis pas sûr, ton enfer, ce sera maintenant.

Froidure sauta du grand perron, le fusil toujours en joue. Il se pencha vers le carton, en sortit d'une main le jerrican dont il dévissa le bouchon, puis, malgré le poids, il enlaça le bidon et commença à renverser le liquide noir avec de grands mouvements de tout son corps qui arrosèrent la montagne de laine. Un des éleveurs le relaya, prit le jerrican et aspergea l'autre face de la montagne cotonneuse tandis que Guilhem, la bouche serrée sur un mauvais sourire, les yeux fixes, lançait des allumettes d'un geste mécanique. Le tas de laine commença doucement à s'enflammer, comme à regret. Les flammèches montaient lentement, soupiraient dans la crasse, la boue, les boucles tendres, douces, blanches, les premières à céder, proies des flammes qui devenaient de plus en plus vigoureuses.

Une des secrétaires se mit à pleurer. Castaing lui-même faisait une vilaine tête de pendu, bouche ouverte, yeux exorbités.

Froidure resta un instant les yeux vagues devant la montagne de laine, mais ses mâchoires se resserrèrent ; il plongea à nouveau la main dans le carton et en sortit un bâton court et sombre qu'il caressa lentement pour en faire tomber la sciure. Il frotta une allumette, enflamma la mèche, brandit le bâton et le lança en plein dans la montagne de laine. Il y eut une détonation courte et étouffée, une sorte d'aboiement rauque, un cri d'agonie, le râle de la nature blessée, assassinée. Un énorme souffle blanc et mousseux recouvrit toute l'assistance. Les femmes se mirent à crier. Froidure courait déjà vers les camions. Il fut le dernier à démarrer. Castaing avait à peine reculé tandis que ses subordonnés s'ébrouaient comme de la volaille. Il tapait sur ses épaules et sur son ventre avec des gestes mécaniques, faisant tomber les lambeaux de laine noircie, les yeux perdus dans le brasier qui crépitait devant lui. Une odeur écœurante de graisse brûlée, une fumée âcre et noire montaient dans le ciel de printemps. C'était un beau ciel de printemps ; clair et nappé de nuages qui partaient d'une seule traînée jusqu'aux marches du sud.

8.

Le temps passait, dans la colère, l'effort et la joie. Sans crier gare, le temps revint de la seconde estive de Froidure.

En soupirant, il boucla son sac, tira d'un geste sec sur la fermeture Éclair. Tout était prêt, il ne restait que les adieux. Anna était assise sur le lit défait, finissant de fermer un à un les boutons nacrés de sa robe. Froidure regardait les boutons, ils brillaient comme des larmes à travers les lames de soleil qui passaient des volets mi-clos. Puis, la tête inclinée, elle refit sa natte, tirant sur les longues mèches de ce même geste lent qu'il lui avait toujours connu.

– Tu seras là, cet été ? demanda-t-il.

Elle soupira.

– Qu'est-ce que ça veut dire, être ici, à Mascaraàs, sans toi ?

– Je peux revenir une fois ou deux. Tu peux même monter, tu sais, ça n'est plus comme autrefois. Même après Borce, tu peux trouver la quatre-quatre de mes amis chevriers, ils te monteront jusqu'à l'estive. Tu peux aussi trouver le camion des laiteries.

Anna garda son visage fermé. Froidure baissa la tête sur son sac. Non, plus rien n'était comme autrefois, même la transhumance. Il avait besoin des camions, il le savait. L'an passé, déjà, il avait loué les bétaillères d'un transporteur pour le plus gros du trajet. Il commençait et terminait à pied, pour le rêve, seulement pour le rêve. Au moins lui demeurait, ne vieillissait pas, ne souffrait pas, parce que la volonté de Froidure était encore plus forte que lui et qu'il la pliait à la forme de ses désirs. Mais jusqu'à quand ? Jusqu'à quelle limite de la réalité ?

– Est-ce que tu te demandes parfois si je regrette Bordeaux ? Est-ce que tu te demandes parfois si ma vie là-bas, avec mes amis, le cinéma, les expos, les cours aux enfants, ce n'est pas devenu ma vie, ma vraie vie ? Sans moutons, sans nuit solitaire, sans fumier, sans querelle, sans me demander toutes les heures si les gens que j'aime n'ont pas foutu le feu quelque part ou ne se sont pas fait arrêter par la gendarmerie ?

Froidure eut un petit sourire satisfait.

– Personne ne s'est fait arrêter, personne n'a porté plainte. Les larves restent des larves.

– Jusqu'à quand ?

– Jusqu'au bout.

Froidure avait repris son air buté, les dents serrées.

– Alors, toi aussi, tu changes, c'est ça que tu me dis. Déjà, quand tu étais petite, tu préférais le bal aux travaux des champs.

– Tu es injuste ! s'écria-t-elle, outrée.

– Tu préférais déjà la mobylette de Franck... Hein, c'est ça, tu le revois encore, Franck ?

– Et pas toi, peut-être ? Ses parents sont toujours au pays, que je sache. Qu'y a-t-il de mal à ce qu'on se voie quand il est en permission ? C'est un ami de toujours !

– Et qui te rassure, lui, avec sa paye de sous-off. Tu ne risques pas de le voir dans une manif, lui. Il n'a rien à sauver, même pas sa peau, il n'y a plus de guerre ! C'est le paradis sur terre pour ces fonctionnaires, la paye sans le casse-pipe !

– Tais-toi, tu es odieusement et bêtement jaloux !

– Parce que évidemment, moi, tout ce que j'ai à t'offrir, question fonctionnaire, ce sont les conneries des assurances qui m'emmerdent si je n'attrape pas le chien en maraude qui égorge mes bêtes !

Il prit son sac d'un geste rageur, sans plus oser la regarder, mais il continua, sur le même ton furieux qui était devenu le sien :

– C'est ça que j'ai à t'offrir... C'est ça, la vie à Mascaraàs, la laine qu'on brûle, les dettes, Guilhem qui est au bord de la faillite, oui, la faillite. J'ai passé des nuits à refaire les comptes avec sa mère et lui, il n'y a plus d'issue, sauf vendre, encore vendre les laitières. Et grand-mère qui perd la tête, avec Polite qui couche devant sa porte pour l'empêcher d'aller divaguer dans le pays, en pleine nuit ! Tu ne le savais pas, hein ? Je n'ai peut-être pas les manières de la ville mais je ne suis pas du genre à te foutre en l'air tes examens.

Anna se redressa, blessée.

– Je ne te demande pas le mensonge. Je te demande le partage.

Froidure sortit de la chambre, dévala l'escalier sombre. Il se dirigea vers la grande salle ; Anna était sur ses talons, la gorge nouée. Elle blêmit quand elle le vit s'approcher du râtelier à fusils et en décrocher un, le fusil de chasse.

– Que fais-tu ? Depuis quand a-t-on besoin de fusil pour la transhumance ?

– Cela aussi, c'est le changement, ma belle, ça non plus ce n'était pas prévu dans le contrat de mariage.

– Mais quoi donc ?

– Les sangliers. Les hardes de sangliers qui dévastent les prairies de fauche, qui affolent les bêtes, qui ravagent les cultures, presque jusque dans la vallée, même hors la saison de chasse.

– Et tu montes quand même ? Tu ne peux pas aller ailleurs ?

– Trop tard, dit Froidure, ouvrant son fusil et y jetant un œil.

Puis il déjointa le canon de la culasse. Il ouvrit le buffet et tira une boîte de cartouches qu'il mit dans une pochette latérale du sac, tandis qu'il glissait le fusil en deux morceaux au milieu des vêtements. Il voulait qu'on le vît partir avec ses bêtes armé de son seul bâton.

– Trop tard, répéta-t-il encore, j'ai payé la *bacade* à la vallée d'Aspe pour chacune de mes bêtes qui va y paître.

Il voulut parler encore, lui dire des mots d'amour, des mots de tendresse et de promesses plus beaux que ceux qu'il murmurait au plus fort de la nuit. Mais il ne sut plus que dire. Il pensait au fusil dans le sac. Il pensait au rendez-vous avec les bétaillères. Il était déjà sur les estives. Il s'approcha d'elle, l'embrassa avec force et quitta la pièce sans plus un mot.

En entendant son pas sur le gravier devant les rosiers d'Amélie, son cri qui rameutait Oursou, les sonnailles qui piétinaient sous le rideau de peupliers, Anna s'assit sur un des bancs et, sans plus de retenue, se mit à pleurer.

Mais, là-haut, c'était encore le rêve ; c'était exactement ce dont il avait rêvé, ce qu'il espérait de lui-même, de sa vie et de ses bêtes. Après Borce, il trinqua avec ses amis chevriers. Le mari aussi était inquiet, il veillait des nuits entières, avec des torches, pour protéger ses champs des sangliers de plus en plus curieux, voraces et familiers. Froidure promit de redescendre de temps en temps, quand la solitude serait trop lourde. Il faillit leur parler de la venue éventuelle d'Anna mais il n'osa pas. Il eut le cœur serré quand il vit la femme, jolie avec ses cheveux lâchés dans le vent et un petit enfant accroché à sa jupe, lui faire un grand signe d'adieu.

Mais, là-haut, il n'y eut plus que le mugissement du vent, le calme des bêtes repues, l'immensité des montagnes, abruptes, proches et lointaines, qui encageaient tout le paysage mais le laissaient respirer. Tout respirait, tout palpitait. Au loin, la montagne couronnée de névés se dressait comme une charpente sur laquelle le ciel se rompait en son milieu. Raclée jusqu'à l'os, la nudité de la roche buvait la rapidité verticale de la lumière. Puis, le flot de lumière ayant submergé l'estive, tout se figeait dans un éblouissement qui blessait l'œil. Le cours du monde, la rotation même de la Terre s'étaient-ils fixés ? Froidure restait immobile, les pupilles dilatées, déchirées par la lumière et le silence, comme si plus rien désormais ne pouvait ni vieillir ni mourir, et que, à jamais, demeurait suspendu dans son cœur un soupir de peine et d'émerveillement réunis. Il avalait tout, sentait tout, se gonflait du vent fou des cimes qui, il le savait, ferait de lui, au retour au fond de sa vallée, un homme heureux.

Sur les longues terres herbeuses, hérissées çà et là de digitales roses, descendait le souffle du ciel, basculé au-dessus de sa tête, moucheté d'un lavis de nuages qui disparaissait derrière les parois lointaines.

Les jours s'écoulaient ainsi, immuables, identiques. Froidure allait et venait, dormait, rêvait, surveillait une brebis boiteuse, nettoyait une plaie, jetait un œil sur les plus jeunes qui avaient toujours cette tendance à se prendre dans des fourches, même de buissons aussi petits qu'elles, et à y rester pendues jusqu'à l'étouffement.

La grosse brebis que le docteur Ardan avait sauvée était restée très câline depuis cette nuit-là. Chaque matin, elle était la première à accueillir Froidure, s'éloignant du troupeau, trottinant à sa rencontre, frottant son museau contre sa jambe, cherchant la gâterie, le morceau de sel dans ses paumes. Puis elle repartait, de son pas de matrone, mâchouillant des herbes pleines de rosée.

Certains matins, quand le troupeau était bien tranquille après la traite, Froidure regardait la montagne. Elle paraissait plus proche, comme une grosse muraille menaçante près de basculer sur le troupeau tout entier ; il émanait d'elle un étrange silence caverneux, percé par le cri menaçant d'un busard. Parfois, elle lâchait sans qu'on s'y attende le vol silencieux d'un vautour planant au-dessus du troupeau puis disparaissant dans les parois. Tout la montagne semblait l'avaler. On ne distinguait rien, ni son nid ni son attente patiente de la mort.

Froidure vaquait alors à ses fromages, qui n'étaient toujours pas très fameux, trop mous ou trop secs, ayant perdu trop d'eau ou ayant gardé trop de sel. Mais il ne se désespérait pas, mangeant jusqu'à l'écœurement cette pâte mal travaillée. Il limitait autant que possible toute descente vers la vallée. Il évitait même les rencontres avec le camion de lait. Il ne songeait même plus à une éventuelle visite d'Anna. Toute sa parenté avait disparu. Il se découvrait, avec un plaisir aigu et égoïste, seul, tout à fait seul. Il ne voulait plus penser à rien ni à personne, seulement à ses bêtes. La nuit, parfois, quand il s'allongeait sur le tapis mousseux et tendre de l'estive, les yeux fixés dans les étoiles, il songeait à Amélie, cherchant dans le lacis de galaxies quelque chose qui lui rappelât les traits de son visage, la douceur de son sourire. Il fermait les yeux et ne rentrait dans sa cabane en pierres sèches que lorsque le froid durcissait ses muscles.

Tout un mois passa qui passa comme un jour. L'herbe se raréfiait, rongée rase par le troupeau, il sembla à Froidure qu'il fallait pousser le troupeau plus loin, sur d'autres pentes, partout où l'herbe lui semblait plus belle, plus grasse. Froidure souriait de son inquiétude, il voyait bien, pourtant, les bêtes profiter, les petits grandir et forcir, mais il décida de bouger le troupeau. Il avait perçu, plus bas, quelques pentes douces comme un pelage, un peu plus escarpées, avec une teinte d'un vert tendre à tourner la tête à la plus raisonnable des brebis. Il siffla Oursou, marcha en tête, et le troupeau, docile, patient, content de sa bonne vie, suivit son pasteur.

Ils n'allèrent pas très loin, mais cela suffit à changer leurs habitudes ; Froidure vérifia avec soin la qualité des herbes, marchant à grands pas, nez au vent, regard aigu sur la moindre herbe mauvaise pour le ventre des brebis ; les bêtes cherchaient leurs marques, le troupeau s'éparpillait un peu, quelques mâles jouaient aux chefs et se claquaient les cornes. De longues heures durant Froidure alla cherchant de nouveaux passages, revenant sur ses pas, ne voulant pas quitter le troupeau de l'œil, mais il repartait encore, fasciné par ce versant varié, mystérieux, qui a chaque pli, à chaque pan de roche sèche, laissait une fracture de la montagne s'ouvrir sur un nouveau paysage.

Mais le soleil, peu à peu, bascula derrière la montagne, tout doucement, laissant de grandes nappes grises, mouvantes comme des voiles de deuil tomber par pans sur les derniers morceaux d'herbes lumineuses. Les nuages se crispèrent peu à peu, assaillis de tremblements qui déchiraient leurs belles laines compactes. L'air fraîchit d'un coup, comme assommé par une plaque de glace invisible qui figeait tout ce pan de la montagne. Des ailes noires et fines d'oiseaux inconnus passèrent tout près de Froidure. Il frissonna et siffla Oursou. Il était plus sage de retrouver son coin de montagne à soi, ses habitudes d'estive familière dont les bêtes connaissaient chaque touffe et chaque recoin. Il sentit son troupeau avancer d'un pas plus pressé, des mères, parmi les plus âgées, se mirent à bêler ; leurs petits, pourtant déjà indépendants et allègres, se mirent à leur répondre. Froidure frissonna à nouveau.

Soudain, il entendit.

Il ne vit rien, pas même les buissons bouger, ni même trembler les arbustes qui dentelaient les crêtes des petits monts vers l'est. Il entendit. C'était comme une ruée venue du fond de la terre, ou de l'au-delà, ou de la paroi même de la montagne. C'était le grondement sourd et régulier d'une marée, le flot houleux d'un fleuve fâché, lâché tout d'un trait sans retenue, sans même aucune colère. Ce galop noir et brutal sortait de l'autre côté de la montagne, se contentant de passer, aveugle, sourd, obtus, sans but, droit devant lui. Mais de ce grondement de bêtes sauvages montait une puanteur de sauvagine, l'odeur des sangliers mêlée à une odeur de souille. Les moutons furent tout d'abord pétrifiés ; ils restèrent immobiles, bien serrés, chaque bête touchant la laine de l'autre, museau contre museau, corne contre corne. Froidure, dont le ventre se serrait, songea d'abord que ses bêtes étaient sages et qu'elles attendaient que passe cet orage de poil, de sabots, et que s'évapore cette odeur de groins épais, de faces monstrueuses. Mais il y eut comme un cri d'enfant dans une avalanche, un bêlement plus aigu, plus plaintif ; peut-être une mère, trop jeune, qui s'affola la première, cherchant son petit qui bêla encore. Ce fut comme un ballon qui éclata à la face de Froidure. Il ouvrit la bouche sur le cri de ralliement, sur l'appel au chien. C'était trop tard. Elles avaient disparu, tout le troupeau avait disparu, s'était enfui, mangé par la montagne, avalé par un pan incliné de la roche ; par l'ombre de l'adret qui noircissait comme le cul d'un chaudron. Il y eut un piétinement massif que suivit un autre piétinement. Puis il n'y eut plus un bruit ; il n'y eut plus que la montagne tout entière qui hurlait, qui appelait, qui suppliait. Il n'y avait plus que Froidure seul, sans voix, le visage révulsé, les mains moites. Il crut que son cœur s'était arrêté. Il crut qu'il était mort lui-même, qu'il n'avait plus rien, ni tête, ni bras, ni jambes. Il avançait et ne touchait pas le sol, il parlait et aucun son ne sortait, il était seul et la montagne chavirait sur lui, il avançait, il avançait toujours, il n'entendait plus rien, plus un son, plus un grelot, plus une sonnaille, plus un bêlement. Pas une plainte. Il ne sut jamais combien de temps il courut ; ni où il allait, droit devant, les bras tendus, tâtant l'air, l'espace, la nuit, croyant à chaque pli de la montagne trouver son troupeau qui l'attendait et son chien qui le gardait. Il courut en aveugle, dans un crépuscule qui pesait comme du plomb. Essoufflé, il s'arrêta. Il entendait gémir. C'était Oursou. Froidure se figea, crut ne pouvoir faire bouger sa douleur d'un pas de plus. Mais il distingua le chien, couché sur le flanc, langue pendante, épuisé. Une de ses pattes saignait. Froidure toucha la plaie du coussinet ouvert, Oursou eut un petit grondement. Froidure s'accroupit, posa la main sur le flanc agité et tremblant et fixa les grands yeux noyés du chien vaillant qui avait tout fait pour stopper le troupeau fou. Il aurait voulu rester là un temps infini, par amitié pour le chien et par peur de ce qu'il allait découvrir. Il se redressa enfin, marchant encore, droit devant lui, longtemps, lui sembla-t-il, jusqu'à ce que le sol, soudainement, se dérobât sous ses pieds. Toute la terre manquait, c'était un grand vide, un trou béant, comme un oubli de la nature, une absence de vie, de sol, d'herbe ; et tout au fond, très loin dans le fond, il vit, dispersés en des taches blanches éclaboussées de sang, les corps laineux de ses bêtes, fracassés par un ressac invisible, entassés en un immense charnier de guerre.

9.

Il descendit chez ses amis chevriers, lentement, comme on descend vers ses juges, comme on descend au tombeau, lentement parce qu'il portait Oursou sur ses épaules, qui avait les pattes rompues, le pied blessé. Froidure resta prostré chez eux deux jours, sans parler, sans rien manger de ce que la femme lui proposait. L'homme descendit à Borce pour téléphoner au maire de Mascaraàs, puis il remonta sur l'estive et alla chercher le sac et le fusil. À l'aube du troisième jour, Froidure lui demanda de le ramener à Mascaraàs.

Quand Froidure arriva à la demeure, ils étaient tous là, avec leurs têtes de funérailles. Les grands-parents tout tremblants, et Polite, dont l'œil unique laissait tomber un ruisseau de larmes, et Anna, qui se tenait raide dans une robe sombre, et Séverine, qui avait attaché ses cheveux sans trop savoir pourquoi, et le docteur Ardan, et Guilhem, tout de noir vêtu, et Tantie et Joseph, au bord des larmes, tous deux, et d'autres encore, de la coopérative, et même un chasseur représentant la fédération qui commença, dans le grand silence, à parler assurances. Bien sûr, elles ne voudraient entendre parler d'aucun remboursement ! Tant que c'étaient pas les ours, on pouvait crever en attendant leurs aides : les sangliers, c'était l'affaire des chasseurs.

Froidure était debout près de la cheminée, il semblait moins présent et vivant que son propre portrait sur la cheminée. Il ne disait rien, les yeux fixés sur les chenets à tête de chien.

– Alors comme ça...

Sa voix était glacée, elle tombait comme une lame. Anna n'osa bouger.

– Alors comme ça il aurait fallu que ce soit un ours qui attaque mes bêtes..., mes bêtes, continua-t-il.

Le chasseur prit de l'assurance, se mettant à pérorer dans ce grand silence terrible qui frappait toute l'assemblée. Il crut bien faire en secouant cette chape de plomb qui les immobilisait tous.

– Enfin, à condition que l'ours laisse des traces, une bête égorgée, par exemple, et pas mangée. Les assurances, il leur en faut pour lâcher leurs sous...

Froidure se taisait toujours. Le même silence glacé, gêné, rampait dans toute la salle. On n'entendait que le gros sanglot de Polite.

– Mes bêtes..., mes bêtes à moi..., murmura Froidure, tout bas. Elles ne sont pas mortes égorgées... mais fracassées, écrasées... C'est une montagne de bêtes mortes qui va pourrir là-haut, dans le fond du ravin, et engraisser les vautours.

Il eut un ricanement mauvais.

– C'est les écolos qui vont être contents... Tout le travail de Froidure Ardan pour nourrir leurs saloperies de vautours à protéger...

On entendit un raclement de gorge, un pas ferré sur les dalles. Le docteur Ardan s'approcha de Froidure, se grattant encore la gorge, lui mit la main sur l'épaule. Froidure se retourna tout d'un coup, se dégageant.

– Laisse-moi ! Ne me touche pas ! Je n'en veux pas de ta pitié, ni de tes conseils ! Hein, tu dois être content, monsieur-le-docteur-qui-sait-tout ! N'est-ce pas que tu sais tout, que tu prévois tout ! La mort de ta femme, la mort de mon troupeau, la mort de Mascaraàs ! Et ma mort aussi, sans doute ! N'est-ce pas, depuis le jour de ma naissance, tu as prévu le jour de ma mort ?

Blême, la mâchoire serrée, les traits décomposés, le docteur recula d'un pas, sans mot dire.

– Fous le camp..., gronda encore la voix sombre de Froidure.

Ses lèvres tremblaient, ses yeux fiévreux ne reconnaissaient plus personne. Il les haïssait, tous.

Le docteur Ardan tourna les talons, suivi du chasseur, du gars de la coopérative, trop gênés pour rester davantage.

– Foutez tous le camp, je ne veux plus voir personne.

Il leur tourna le dos, fixant le foyer vide de la cheminée.

– Je n'y suis plus pour personne, jamais.

Ce fut alors au tour d'Anna d'approcher. Elle posa une main sur l'épaule de Froidure. Il resta un moment sans bouger. Elle crut qu'il l'acceptait mais il se retourna et lui opposa le même visage révulsé.

– Toi comme les autres, disparais. Tu es bien contente aussi de la mort de mon troupeau, tu dois te dire, ça y est, il a raté, je vais pouvoir le garder pour moi toute seule, me l'encager pour mes vieux jours. Eh bien, tu te trompes, la citadine ; je ne veux pas de toi, je ne veux plus de toi ni de tes manières, ni de ta vie, ni de ta ville ! Va au diable !

Anna porta les mains à son cou, elle agrippa sa natte comme si elle se noyait. Elle resta un instant indécise puis quitta la salle en courant.

Tante Irolie fut la seule à encore oser s'approcher.

– Mon petit, je t'en prie, ne sois pas injuste...

Froidure la coupa sans même la regarder.

– Tais-toi, Tantie, ton fils est ingénieur, qu'est-ce que tu peux comprendre ?

Séverine prit garde de ne rien dire. Elle s'appuya contre le chambranle de la porte, mains jointes, silencieuse, puis se glissa sans bruit vers la cuisine. Elle y retrouva la grand-mère, toute voûtée, assise à la table, laissant couler de grosses larmes sur son visage raviné. Séverine s'assit à ses côtés.

– On va le sauver, grand-mère, souffla-t-elle, toutes les deux, on va le sauver... malgré lui.

Tout le reste du jour, Froidure se tint enfermé dans sa bergerie. Il avait bloqué la double porte métallique et restait prostré au milieu de la paille, sans bouger, sans manger. À l'heure du souper, le grand-père et la grand-mère vinrent toquer à la porte. Il ne répondit pas. Ils tapèrent encore, tant la grand-mère craignait qu'il ne fût mort, jusqu'à lui arracher un cri de colère. Ils s'en retournèrent vers la demeure, à petits pas, ne sachant plus que faire. Tard dans la nuit, ce fut Guilhem qui essaya. Il entendit vaguement Froidure grogner que les veaux au moins ne risquaient pas de se tuer sur les estives, mais la porte ne s'ouvrit pas. Désolé, Guilhem resta un moment devant les portes closes. C'était donc vrai que le malheur les avait rattrapés et qu'ils étaient tous deux orphelins d'un parent, orphelins de bêtes, abandonnés, dépouillés.

– Froidure, je t'en prie, sors de là... Qu'est-ce qu'on va devenir si toi aussi tu abandonnes ?

Il n'y eut aucune réponse.

– Qu'est-ce que je vais devenir ? murmura encore Guilhem tout bas.

Et il partit dans la nuit.

Plus tard, ce fut Polite qui essaya. Il tapa et tapa encore contre le métal. Il s'en fut lui aussi mais revint, une bouteille dans chaque main.

– Allons, petit, ouvre, j'ai de la gnôle et t'en as besoin.

Il y eut un long silence, puis les deux portes enfin s'entrouvrirent. Le vieux Polite fut le plus rapide. Il bouscula les portes d'un coup d'épaule et entra de force dans la bergerie.

Froidure eut un geste las et retourna se coucher dans le coin des agneaux. Polite eut le cœur serré. Il lui semblait voir encore les quatre bébés tétant autour de la bonbonne, leurs petites queues de coton agitées d'un frétillement de joie. Froidure s'était roulé en boule dans un creux, la tête à demi étouffée sous la paille, les jambes ramassées sous le ventre. Polite s'assit près de lui, déboucha la bouteille, le tira par l'épaule et le força à boire.

– Bois, petit, il n'y a plus que cela à faire, pour l'instant. Bois.

Et le reste de la nuit emplit la bergerie vide. Elle semblait flotter dans l'espace de la nuit, tanguer, de droite et de gauche, comme un bateau abandonné, démâté, perdu dans une tempête silencieuse. Ses murs de bois et de métal oscillant formaient une haute coque renversée, toute vide, toute creuse, sans plus de bruit, sans plus d'âme ni de vie, telle une pauvre chose morte.

– Je suis dans ma tombe, murmura Froidure, les yeux révulsés, les bras étendus dans la paille. Regarde, là-haut, le toit ; il tombe, il descend, il va m'écraser.

– Tu n'as pas encore assez bu, petit, grommela Polite en lui passant la bouteille.

Froidure sembla se calmer, il s'endormit. Polite, l'œil ouvert, la mine fermée, tout son front tiré par l'effort de ne pas s'endormir, le couvait du regard. Froidure bougeait dans un mauvais sommeil agité, il se tournait, se retournait, blessant son visage aux griffes de la paille, gémissant, pleurant presque. Puis, vers l'aube, il se réveilla, hagard, l'œil vitreux, le teint terreux, regardant Polite sans le voir.

– Elles tombent, elles tombent toutes... et les mâles aussi... et les petits... et les mères... et la vieille mère que papa avait sauvée... Elles tombent... dans un puits sans fin... et puis elles éclatent, on dirait des poupées désarticulées, leurs petites têtes éclatent... Toute la montagne est rouge de leur sang... toute la montagne... les roches et l'herbe et le ciel... Leur sang a éclaboussé tout et tout noyé...

Il se redressa d'un bond, malhabile, instable, les bras en croix. Il buta contre le petit enclos des agneaux et bascula, la tête la première, de l'autre côté.

Polite, tout engourdi, se leva et se pencha près de Froidure.

– Allons, petit, dors encore un peu... Dors tout ton soûl, tu auras moins mal.

Froidure baissa la tête, accroupi. Il caressait la paille, la prenait à pleines mains, la respirait, la laissait retomber.

– Polite, je ne pourrai jamais..., jamais leur survivre.

Polite se redressa tout d'un coup. Son vieux visage tout râpé, tout chiffonné, se fripa davantage encore sous la colère et l'inquiétude.

– Arrête tes conneries, tu veux... La vie, la mort, c'est tout pareil... Tu recommenceras, il y a d'autres troupeaux...

Froidure se retourna tout d'un pan.

– Non, tu entends, non, jamais ! Je ne pourrais pas, il n'y a pas de troupeau comme mon troupeau !

Et soudain, tout brisé, tout pleurant, anéanti par le chagrin jusqu'au plus profond de lui, comme un autre deuil sur le deuil de la mère et les rêves de jeunesse, il s'agrippa à Polite.

– Faut m'achever, Polite... Je t'en prie, va chercher le fusil. Ce foutu fusil dont j'ai même pas pu me servir pour les sauver... Polite, je ne suis bon à rien... Quand une bête fait des conneries, qu'elle s'est blessée ou qu'elle est dangereuse pour les autres, on l'abat. On ne la laisse pas souffrir. Polite, je t'en prie. Achève-moi, achève-moi...

Et Polite, qui n'avait jamais pris entre ses bras que cet être-là, que cet enfant-là, devenu cet homme fracassé, Polite le prit encore une fois dans ses bras et le serra fort contre lui, fort, aussi fort que ses vieux bras pouvaient tenter d'étouffer et le mal et le chagrin et les sanglots qui secouaient le grand corps de Froidure. Le dernier enfant Ardan, le dernier homme debout qu'il avait espéré voir, dernier homme à terre aussi qu'il ait vu depuis la guerre. Et pour une autre guerre.

10.

Des semaines passèrent à Mascaraàs dans un silence lugubre mais la mort n'avait pas de prise sur Mascaraàs. Il y avait les fenaisons. Et, s'il n'y avait plus de bêtes pour le grain et la paille, encore fallait-il, néanmoins, en faire la récolte ; Polite proposa au grand-père de tout vendre sur pied. Le vieil homme refusa. On pourrait toujours vendre, plus tard dans l'hiver.

Froidure restait des journées entières assis devant le foyer vide de la cheminée, répondant par monosyllabes, mangeant à peine. Ni le docteur Ardan ni Anna n'étaient revenus. Anna acceptait les rendez-vous de Franck à Bordeaux, le docteur passait à cheval, parfois, et s'arrêtait sur le chemin des friches. Il flattait l'encolure de sa bête, puis sa sacoche accrochée au pommeau de la selle. Il voyait dans la brume des fins de journée d'été le toit de Mascaraàs qui brillait sous les derniers rayons du jour. Il voyait la cime du rideau de peupliers balayer doucement le pli du ciel le long de la demeure. Puis il tirait sur les rênes, faisait faire demi-tour à Jonquille et s'en allait vers une autre visite par un autre chemin.

Séverine vaquait toujours ici et là, indispensable,

organisant les nouvelles nichées de canards à engraisser, faisant les comptes. Sans rien dire à Froidure, elle était allée au Crédit agricole voir M. Lanouguère et expliquer le problème de Froidure ; elle était même retournée discuter plusieurs fois avec le représentant des chasseurs. Ce ne serait pas facile, cependant il y avait des possibilités pour rembourser une partie du troupeau. Mais elle n'en parlait toujours pas à Froidure, c'était encore trop tôt. Elle le regardait se débattre avec maladresse, traînant son chagrin de pièce en pièce, n'osant pas même aller par les champs de peur de se retrouver nez à nez avec des bêtes. Il ne voulait même plus voir son Oursou, pourtant tout à fait rétabli, il lui criait dessus d'une voix qui faisait trembler les vitres ; quand il apparaissait, la bête filait, disparaissait tout le jour derrière la bergerie vide ou à l'ombre de la grange.

Séverine était près de Froidure comme au chevet d'un malade, elle le sentait faiblir dans sa colère mais se durcir dans sa solitude. Parfois, elle allait prendre divers alcools qui restaient dans ce qui avait été l'épicerie-buvette de son père. Sans penser à mal, elle l'eut enfin, comme un poisson au fond d'une nasse.

Une nuit de septembre, une de ces nuits qui auraient dû voir le retour de transhumance, il était comme un homme en manque. Il errait, malheureux, amaigri, mal nourri, n'ayant bu que du vin. Elle l'aida à monter dans sa chambre, le déshabilla, et soudain, se laissant tomber près de lui, elle l'embrassa. Enfin, il était étendu, les bras en croix, débraillé, sur le jeté de lit au crochet blanc. Il avait l'air de s'endormir mais elle le secoua, l'embrassant encore avec fougue, lui parlant.

– Ce n'est pas Anna, tu entends, tête de pioche, ce

n'est pas Anna, ce ne sera plus jamais Anna ; c'est moi, moi, Séverine, la petite mal fagotée du café, qui ne pouvait jamais aller avec vous au château...

– Quel château ? marmonna Froidure.

– C'est moi, continua Séverine. Et aide-moi donc un peu, bourrique, moi je ne suis jamais allée avec un homme... Je n'en voulais pas d'autre que toi, je ne voulais que toi..., toi..., depuis toujours, depuis la classe du maître. Et tu ne regardais qu'elle... Mais c'est moi, maintenant, qui t'aime. Pour toujours ; qui suis là, pour toujours.

Froidure la regarda à travers les vapeurs d'alcool qui lui embrumaient l'esprit.

– C'est vrai, tu es là, toi, la dernière brebis... quand toutes les autres ont déserté...

Il passa sa main malhabile dans les boucles blondes. C'était étrangement doux sur ses paumes rudes et blessées ; il tirait sur une mèche et elle rebiquait, se sauvait comme une touffe de laine de brebis, bouclée, en vrille. C'était vrai, ça n'étaient pas les tiges longues et noires et drues comme du crin de la chevelure d'Anna.

– C'est vrai que tu as quelque chose du mouton...

Puis, soudain, il n'eut plus envie de penser, de souffrir, de comparer, il ne voulut plus que répondre à l'appel violent et pressant de tout son corps en manque d'amour. Il était vivant, lui. Son sexe durci le prouvait enfin, comme s'il eût douté de sa propre existence. Elle était là, douce et offerte comme une brebis, avec sa peau molle et blanche, et sa tête bouclée. Prête à la lutte. Comme lui. Comme le bélier. Il la plaqua sur le ventre, la maintenant par le flanc et par la nuque blonde. Comme le bélier. Il la toucha peu, ne voulant que sa croupe. Comme le bélier. Il se planta en elle avec rage. Comme le bélier. Il n'émit pas un son, il serra les dents, comme le bélier. Et quand ce fut fini il se redressa tout d'un coup et la quitta sans un mot, sans une caresse, sans un élan du corps. Il la laissa, tout étonnée, en travers de la couche, comme fait le bélier, et alla vers la fenêtre ouverte dont il poussa les contrevents avec fracas. Ils claquèrent dans la nuit claire de cette fin d'été. L'air était lourd de mille senteurs chaudes, de l'odeur épaisse des champs gorgés de soleil et de poussière, épuisés par le travail de l'homme. Du corps de l'homme, plus fort, plus puissant que toutes les douleurs. Le toit de l'église était comme une grande ancre de marin, soc en l'air, renversée sur un port abandonné. Le chuintement du Léez lui parvenait de loin, ténu et vibrant. Il était comme le bélier après la lutte, satisfait, égoïste et primitif, et il soupira :

– Je suis vivant.

11.

Des semaines passèrent encore. Polite faisait une tête terrible, n'adressant plus la parole à personne, surtout pas à Séverine. Dès qu'elle paraissait, il disparaissait. Mais elle prenait cela de haut, désormais, songeant très fort que si ce vieux crabe continuait à mal se comporter avec elle, un de ces quatre matins, il se retrouverait à l'asile ! Mais il y avait plus grave que les sottises de ce vieux fou, il fallait trouver le moyen d'entraîner Froidure à la banque pour parler avec ce jeune M. Lanouguère, si poli et si compréhensif, même Guilhem allait voir ce monsieur ! Mais, chaque fois qu'elle prononçait le mot « banque », Froidure la rabrouait. Ce jour-là, Séverine évoqua à nouveau le rendez-vous de Guilhem avec M. Lanouguère. Froidure baissa la tête dans son assiette. Il avait oublié son ami. Pris dans sa peine comme dans un piège, il avait oublié Guilhem, ses dettes, ses soucis. Il se souvint brusquement d'un bavardage de sa grand-mère.

– Dis, grand-mère, tu n'as pas parlé d'une des dettes des Daugas, plus grosse que les autres ?

La vieille Mme Ardan joignit les mains.

– Tu reviens donc sur terre, mon petit ? Tu ne sais pas qu'il y a saisie-arrêt sur toute la récolte des Daugas ? et sur les bêtes ?

– Saisie-arrêt ? balbutia-t-il.

– Trois échéances à la banque non payées, c'est saisie-arrêt et le tribunal pour la liquidation, précisa Séverine.

– C'est pas vrai, pas possible, pas Guilhem...

Froidure se leva brusquement.

– On va voir ça. Je prends le camion.

Et il sortit en faisant claquer la porte de l'entrée.

Séverine et la grand-mère se sourirent par-dessus les pommes de terre qui fumaient encore dans le grand plat en terre. Seul Polite, toujours muet, continua de manger sans lever le nez

Le jeune Lanouguère reposa son téléphone d'un coup sec. Ce fils Daugas, quel insensé ! Le rendez-vous promettait ! Qu'est-ce qu'il en avait à faire, lui, de la fin des terroirs, comme ils disaient dans les journaux ? Il était entré à la banque parce que son père y était et qu'ils partageaient les mêmes idées :

l'amour de la paix et de la tranquillité, la même sainte horreur des conflits, de toutes ces choses humaines désagréables et violentes. Parler avec des dossiers et des chiffres, c'était le plus reposant pour l'âme. Sa vie personnelle était organisée comme l'échéancier personnel du crédit qui payait son pavillon avec la régularité d'un métronome qu'aucune crise ne viendrait altérer. Alors, les problèmes des mauvaises récoltes, des sécheresses, de la mort des veaux, de l'effondrement des cours, c'était son boulot mais pas un état d'âme. Il avait toujours appliqué les règles en vigueur et les ordres de sa direction. Quand il avait fallu pousser les agriculteurs à l'endettement, il avait poussé. Maintenant qu'il fallait récupérer les sous, saisir les terres, les bâtiments, les récoltes, il appliquait le règlement.

Guilhem Daugas entra tête basse dans le petit bureau, qui avait l'air d'un bocal. Lanouguère, après lui avoir tendu une main professionnelle, le convia à s'asseoir. Guilhem avait préféré entrer seul pour discuter de cette dette honteuse. Malgré toute l'amitié de Froidure, le sentir à côté, mais à l'extérieur du bureau de verre, lui suffisait. Il ne supportait pas d'étaler sa peine, ni les chiffres effrayants de la ferme, devant l'ami de toujours, quoiqu'il les connût. Froidure et lui avaient longuement parlé avec la vieille mère en attendant l'heure du rendez-vous. Cela lui avait fait du bien de sentir dans sa propre peine celle, si proche et si vive, de Froidure. Il s'était un peu rasséréné en frottant son chagrin à celui de Froidure, et ce fut calme et toujours plein d'espoir qu'il entra dans le bocal, tandis que Froidure s'asseyait dans le grand hall. Il ne se sentit pas vraiment en danger malgré les papiers de saisie, mais plutôt pris en faute, comme autrefois quand il arrivait tête baissée devant le maître.

Le jeune Lanouguère, quant à lui, avait la conscience claire. Il posa le dossier sur le bureau laqué noir, croisa les mains, les décroisa, ouvrit le dossier et se mit à parler d'une voix lente et intelligible, comme on fait pour parler à un enfant obtus. Guilhem écoutait les chiffres, hocha sa grosse tête, fronçant le front, grattant parfois sa chevelure et son menton maigre. Lanouguère soupira intérieurement. Bon, c'était à peu près comme d'habitude : le paysan effondré, muet devant les chiffres qu'on lui alignait, prenait la tête d'un prisonnier prêt à avaler la sentence, à tout accepter, condamnation, mise en demeure et redressement judiciaire.

– Vous comprenez, monsieur Daugas, ce n'était pas raisonnable..., votre quota de cent vingt mille litres de lait... et le Plan amélioration de matériel que votre père avait sollicité pour la salle de traite... Les temps ont changé... Vous avez continué à faire de la polyculture ! De la jachère, monsieur Daugas, de la jachère ! Il n'y a plus que cela, maintenant, et il fallait vendre les bêtes...

Daugas releva la tête. C'était donc cela qu'on lui demandait : se dépouiller, devenir un homme nu, sans rien, une larve d'homme qu'on paierait pour laisser crever la terre et vendre les bêtes, des bêtes que son père avait mis dix ans à sélectionner ? Qu'est-ce qu'il comprenait ce gars-là, avec sa cravate et son beau costume, avec ses chiffres qu'il mâchait, qui lui dégoulinaient des lèvres comme des mensonges ?

Guilhem se leva d'un seul coup. Il se tint, les bras ballants, immobile et silencieux devant le jeune

Lanouguère. Ils avaient peut-être le même âge, mais Guilhem était différent avec son pantalon trop large et délavé, sa veste de toile bleue, son visage buriné. Il parut immense à Lanouguère, énorme, et les poings qui se posèrent sur son bureau sonnèrent comme des battoirs. De plus, il puait ; Lanouguère en était sûr, cet homme puait quelque chose, le lisier de porc, ou le fumier, ou l'engrais chimique, il ne savait quoi, mais il puait, et il transpirait. De grosses larmes ruisselaient de son front, de ses tempes, sur son cou. C'était dégoûtant ! Et en plus il criait. C'était bien cela, ce sauvage ne parlait même plus, il hurlait.

– Vous ne pouvez pas faire cela, vous ne pouvez pas me prendre ma terre ! Nous chasser, ma mère et moi...

Le petit Lanouguère tenta de garder un air inspiré tout en se rétractant dans son fauteuil mais ce maudit paysan grandissait. C'était certain, Daugas grandissait, il allait bientôt fondre sur lui comme un orage d'été. Ce fut fait avant même que la crainte ne prît forme dans son esprit, les grandes mains de Daugas l'avaient saisi par les épaules. Il se sentit tout d'un coup flotter au bout des grands bras comme un poisson leurré. Il émit un gargouillis lamentable pendant qu'un brouhaha se faisait entendre derrière la fenêtre de son bocal. Il entendit une porte s'ouvrir et un cri retentir. « Nom de Dieu, Guilhem, lâche-le ! » mais les mains le secouaient toujours, ses lunettes chutèrent. Il sentit le col de sa veste craquer. « Guilhem, merde ! Lâche-le ! C'est rien, ce type, rien, il n'est même pas le responsable. » Puis le brouhaha enfla, c'était une grosse vague qui lui entrait dans le nez, le goût du sang dans sa bouche lui souleva le cœur. « Ne le frappe pas, Guilhem ! » criait la même voix tandis qu'un hurlement féminin montait plus loin et qu'un « Appelez les gendarmes ! » retentissait. Il s'effondra tout d'un coup, chutant près de sa chaise sur roulettes derrière le bureau, que sa tête heurta. Il se retrouva le nez sur la moquette, bavant, à demi vomissant. Des hurlements lui déchiraient toujours les oreilles. « Suffit, vous autres ! hurlait la même voix. Ce n'est pas un voleur, il n'a pas touché à vos sous ! Ni à ceux de cette foutue banque ! Quelle tête feriez-vous si on vous la volait, votre terre ? » Et la voix s'éloigna. Le petit Lanouguère perdit connaissance. Il se réveilla dans un bocal qui n'était pas le sien avec le docteur Ardan qui lui recousait l'arcade sourcilière.

12.

Guilhem disparut les jours qui suivirent, sans doute parti se saouler à Pau, et Froidure fut à nouveau sans sortir de Mascaraàs. Il n'allait guère plus loin que le pont, longeant le rideau de peupliers, se sentant protégé par leur haute muraille. Il touchait leur écorce, s'y caressait la joue, cognait son front contre l'enveloppe rugueuse des arbres. Il se serrait alors très fort contre leur ventre charnu et puissant, respirant l'odeur de sève et de vent, le suintement de leur peau noueuse et blessée, le moindre tressaillement de la vie. Un jour, il passa le pont et s'en fut derrière l'église, dans le cimetière. Il resta longtemps sur la tombe d'Amélie, grattant de l'ongle, ici ou là, une mousse languissante sur le A d'Amélie ou le S de Routis. Déjà la pluie et l'hiver avaient rongé la pierre, corné les arêtes de la tombe, roussi les plaques gravées. La croix, nue et souffrante, lui serra le cœur. Il n'avait jamais beaucoup pensé à cette croix, ni à l'homme qui y était mort. Mais qu'importait qu'il fût prophète ou fils de Dieu, il avait suffi qu'on le torturât, qu'on le fouettât, qu'on lui perçât le flanc, pour qu'il se sentît son frère, son frère éternel et malheureux. Crucifiés. Tous. Pas les premiers, certes, ni les derniers dans ce siècle, mais, sous la croix de pierre de sa mère, Froidure sentit, dans sa solitude orgueilleuse, palpiter la présence de toute une humanité souffrante.

Le lendemain, il demanda à Séverine de le déposer au car de Morlaàs. Ils parlèrent peu dans la petite voiture, il gardait les yeux fixés sur la route qui tanguait de droite et de gauche au milieu des champs arasés et nus. C'était déjà l'hiver et toute la vallée frissonnait des premiers froids. Séverine, muette et la gorge nouée, n'osa lui demander où il allait et Froidure en fut soulagé. Comment aurait-il pu lui avouer qu'il allait à Bordeaux trouver Anna ?

Elle ne lui demanda pas s'il fallait venir l'attendre au dernier car. Il vit avec un peu de honte la petite voiture redémarrer et faire péter les gravillons de la place en tournant devant le café.

À Bordeaux, en descendant du car sur le cours Victor-Hugo, il se sentit perdu. La ville éclatait de partout, l'encageait, l'asphyxiait. Le cri strident des roues, le pas pressé de la foule l'assommaient. Il marcha presque tête baissée sur le plan qu'il avait eu soin de prendre. Le sac sur l'épaule, il allait comme à travers une forêt dense et sauvage, hostile. Ce fut le cœur battant et la tête en feu qu'il parvint à l'école des beaux-arts. La vivacité des groupes de jeunes qui passaient devant lui l'humilia. Qu'ils avaient l'air joyeux, insouciants, heureux d'être en groupe. On aurait dit ses moutons, tressautant et gambadant ; il ne manquait que les sonnailles. Il alla de secrétaires en couloirs, de portes closes en ateliers. Il essayait de se remémorer ce qu'Anna disait de ses cours ; il était à bout de nerfs quand, enfin, une jeune étudiante souriante lui répondit : « Anna Lasclaverie, oui, mais le mercredi, elle travaille toute la journée au centre culturel de la cité de La Benauge. »

Froidure soupira et reprit sa course dans la cité en direction de la rive droite. Les yeux fixés sur son plan, il ne voulait rien voir des immeubles, des vitrines, des grandes artères qui fendaient la ville, grouillantes comme des plaies. La gorge à vif, les yeux exorbités, il parvint enfin à une rue plus calme, dans un quartier ancien qu'un passant appela La Bastide. Froidure poussa la porte à demi vitrée d'un vieux bâtiment et pénétra dans un petit hall qui sentait la pisse de chat et l'eau de Javel. Dans les étages, on entendait des bruits de voix, des cris et des rires. Des portes claquaient, des pas tressautaient dans des couloirs recouverts de lino. Des accords de guitare résonnaient par un bout et des vocalises par un autre.

– Anna Lasclaverie, s'il vous plaît, marmonna-t-il à une dame en chignon gris qui devait faire office de secrétaire, derrière un guichet vitré.

– Atelier 12, deuxième étage, répondit la voix enrhumée du chignon gris.

Au deuxième étage, une porte de bois, percée d'une petite vitre, donnait sur ce qui pouvait être considéré comme un atelier de peinture. Il posa la main sur la poignée et il la vit.

Elle portait une blouse blanche qu'il ne lui avait jamais connue. Immaculée dans le dos, elle montrait sur le ventre, sur les manches, des taches vermillon, éclatantes, un feu d'artifice d'outremer et d'émeraude, de grands soleils éclaboussés de sang et de terre brûlée. C'étaient tous les mots d'Anna, tous les mots d'autrefois qu'elle aimait, qu'elle faisait chanter à leurs oreilles étonnées, elle les portait comme un militaire ses décorations et allait, de son pas dansant, entre les tables de ses petits soldats, bien alignés, le nez dans la gouache, de la couleur jusqu'aux oreilles, langues pendantes, nez morveux, front sérieux, mains crispées. Leurs pinceaux s'écrasaient dans un fracas de couleurs heurtées qui, cahin-caha, faisaient bonne figure, cohabitaient, s'étranglaient bien un peu puis finissaient par faire quelque chose de beau, quelque chose d'humain, quelque chose de gai qui illuminait le visage d'Anna. Elle passa sa main sur la nuque d'un des enfants, se pencha sur lui, caressa son dos, le redressa, puis prit la petite main sale et crispée, allongea le trait, rinça le pinceau, étala une pâte tendre et onctueuse là où un gros pâté terreux avait gâché le dessin. Et, dans l'angle aigu du visage maigre d'Anna, Froidure vit se dessiner le sourire d'autrefois, le sourire fier et heureux de la petite fille qui tirait de ses doigts toutes les couleurs du monde, laissant couler sur son cou tendre sa grosse natte noire.

Ému, Froidure poussa la porte. Toutes les petites têtes levèrent leurs museaux de fouine. Le visage d'Anna se figea. Elle se redressa, toute fermée, hostile, le visage dur. Il ne lui avait jamais vu cet air de colère froide, déterminée, ce regard d'institutrice fâchée. Elle ne dit pas un mot, n'avança pas d'un pas. Elle avait l'air seulement prête à la guerre, plantée sur son territoire, cernée d'une petite troupe compacte. Il n'avait rien à faire là. Il referma la porte et descendit les escaliers en courant.

Quand il arriva à Mascaraàs, à la nuit, il trouva Séverine qui faisait la vaisselle. Près du vieil Ardan, la grand-mère dormait dans son fauteuil devant le four éteint. Polite était déjà couché.

– Il est fatigué en ce moment, Polite, soupira Séverine. Tu ne fais plus grand-chose sur le domaine. On ne pourra pas durer très longtemps ainsi.

Froidure lui jeta un coup d'œil torve.

– Non, on ne pourra pas durer ainsi.

Il y eut un grand silence. Le grand-père leur jetait des regards brefs et inquiets et décida d'aller se coucher. Séverine s'apprêtait à l'aider mais il soupira.

– Laisse donc, Séverine, je peux encore m'occuper de mon épouse tout seul.

Froidure et elle restèrent face à face dans la cuisine, lui buté, fâché, le nez dans un verre de vin. Elle, inquiète, timide soudain, comme toujours, quand elle le sentait si lointain, aussi inaccessible que lorsqu'il était garçonnet.

– Tu ne veux pas manger ? Tu ne vas pas te mettre à boire, n'est-ce pas ?

Il leva les yeux vers elle, ils étaient tristes et ennuyés.

– Qu'est-ce que tu as ? Tu as la même tête que le jour où tu as cassé ma bicyclette neuve...

Il baissa à nouveau la tête sur son verre.

– Séverine, c'est de la comédie, tout cela... Les nuits qu'on passe ensemble, Mascaraàs qui est encore debout..., ça n'a pas de sens. Je ne peux pas t'aimer parce que j'aime Anna, et je ne peux pas prendre un autre troupeau parce que j'aime trop l'autre, celui que j'ai tué, celui qui pourrit là-haut, sur l'estive. Je veux rester seul ici et ne plus voir personne.

– Et attendre que Mascaraàs te croule dessus ?

Elle fut heureuse de lâcher cette phrase, cela brisait l'étau de sa gorge.

– Aussi fou que ta mère, pourris d'orgueil tous les deux ! Sans salle de bains et sans téléphone. Aucune épouse ne peut accepter ça !

La réflexion tira Froidure de son silence.

– Mes amis chevriers sont jeunes et vivent comme ça ! Ils ont même un enfant.

Elle haussa les épaules et passa une main lente dans ses cheveux blonds. Lui crier dessus, il n'y avait plus que cela, lui crier dessus, pour surmonter la douleur, le mal, l'humiliation.

– Froidure Ardan, tu peux crever ici tout seul ! Fais de Mascaraàs un cimetière. Avec tes rêves et tes idées folles, tu as tout perdu autour de toi. Ta vie, elle ressemble au toit de Mascaraàs, plein de trous et de fuites !

Froidure secoua sa tête bouclée de cet air buté qu'elle lui avait si souvent vu.

– Non, peut-être que Mascaraàs peut renaître encore, peut-être même ailleurs... Il y a d'autres pays, qui aiment davantage les moutons qu'ici...

Elle eut un rire mauvais.

– Froidure Ardan en Australie, peut-être ?

– L'Australie, non, y a pas de neige, murmura-t-il. La Nouvelle-Zélande, plutôt...

– On aura tout vu question rêves cinglés ! cria Séverine que la réflexion rendit plus furieuse encore. Tu vas de rêve en rêve et tu ne regardes rien ni personne autour de toi ! Mais qu'est-ce que tu crois donc ? Ce n'est plus comme au temps du maître, des cétoines dorées et du Charles Trenet, c'est fini ! Tu es ruiné, tu as ruiné Mascaraàs avec toi ! C'est fini, foutu, mort, comme Guilhem. Tu es mort, Froidure Ardan, mort ! Et tout le pays est mort aussi !

Sa voix s'étrangla. Elle demeura un instant figée, les yeux pleins de larmes, effarée par ce qu'elle venait de dire. Il ne bougea pas, ne leva pas les yeux vers elle. Le verre de vin brillait comme celui d'un dernier repas sous le halo jaune de la lampe.

Elle sortit en courant. Il entendit ses pas sur le gravier du jardin. Il saisit la bouteille de vin et se servit à nouveau.

13.

Et la haine envahit la nuit paysanne et l'homme solitaire, désespéré, se dressa debout devant le responsable de sa misère. L'homme avança dans la nuit. Le paysan qu'il était encore, seul, abandonné, trahi, vaincu par le destin, allait entraîner dans sa chute la chute des autres, du moins la chute des murs de la banque. De sa misérable apocalypse renaîtrait peut-être une autre vie.

Alors la nuit explosa.
Une belle et profonde nuit paysanne
  déchirée
  ulcérée.
Une bulle blanche et rouge
  tremblante
  vibrante

rageuse et désespérée
jaillit dans un fracas de tonnerre.
Le Crédit agricole de Morlaàs n'existait plus.

Devant les flammes, l'homme, debout, les poings serrés, le corps tendu, hésita un instant puis s'enfonça dans la nuit.

Garé à l'entrée du village se tenait le camion. L'homme ouvrit la portière, s'assit, démarra après un temps d'hésitation. Il sentait mugir le village dans son dos. Il accéléra, sortit du village en passant devant l'église qui dormait, paisible, sous son porche roman. Le camion fonça dans la nuit, affolé, faisant des embardées d'homme saoul. Le jeune homme alluma enfin les phares qui trouèrent la nuit. D'un geste las, il prit une cigarette dans sa poche de chemisette, la laissa un instant à la bouche, pendante, mélancolique, à ses lèvres sèches. Il n'avait pas rêvé de cette marque-là à laisser sur terre, il n'avait pas rêvé de ce feu de l'enfer, de ce désespoir brûlant qu'il avait déversé. Qui aurait cru cela, que, de cette jolie vie de l'enfance, de cet amour de la terre natale, ne naîtraient que la déception, la douleur ? Ça n'était donc que cela, vivre, osciller comme une épave perdue sur une mer qui à tout moment pouvait vous engloutir ? Non, il n'avait pas voulu cela, il avait eu des rêves et des désirs d'homme, et voilà qu'il avait peut-être mis le feu à tout un village. Il prit le briquet dans sa poche de pantalon, hésita encore un instant, les yeux pleins de larmes fixés sur les deux trous de lumière qui perçaient la route. Il n'eut pas le temps de comprendre, ni celui de souffrir encore. L'air de la cabine du camion, saturé d'essence, de gasoil, explosa. Ce fut une boule de feu qui, comète dérisoire d'une vie d'homme, roula un moment au milieu d'un champ nu et noir puis s'immobilisa comme un signe dans la nuit.

14.

– Non ! Non !

Silencieuse jusqu'à cet instant, enténébrée, vaincue, Anna se redressa tout d'un coup, détendant tout son corps comme un jonc vivace. Elle se tenait, dressée dans une robe de deuil, au milieu de la grande salle, et tous les autres se turent. Ses yeux montèrent vers le portrait de Froidure. Son portrait. Son homme. Debout.

– Non ! Jamais je ne croirai cela ! Jamais ! Un homme comme Froidure ne peut pas faire sauter une banque à la dynamite ! Ou alors il l'aurait fait en plein midi, un dimanche.

Elle se retourna. Son visage livide, ses cernes mauves, sa bouche blême les fixaient tous. Elle serra sa natte comme une corde et l'on voyait les jointures blanches et violettes sur ses doigts minces.

Le grand-père, assis, baissa la tête. Ses vieilles mains noueuses caressaient machinalement sa canne, posée sur la table, en signe de reddition de toutes les vaines batailles.

En face de lui, le capitaine Cazalis se gratta la tête sous son képi, l'air ennuyé. C'était un brave homme, né au pays, qui avait lâché la terre pour l'armée et qui se trouvait heureux à Morlaàs où il avait été muté en fin de carrière. Rien de grave n'avait jamais altéré sa vie depuis l'attaque de la station-service de Lembeye par une bande d'adolescents.

– Mademoiselle Anna, il faut se rendre à l'évidence... C'était bien sa dynamite. Les traces ne mentent pas... Le labo...

Anna éleva la voix, ses yeux mouillés fixèrent le gendarme.

– Cela m'est bien égal, votre labo ! Et cette dynamite n'était un secret pour personne dans le pays, surtout depuis l'histoire de la laine, à la coopérative !

– Et, d'ailleurs, pourquoi Froidure avait-il de la dynamite ? répliqua le capitaine en agitant son calepin.

Anna tira sur sa natte d'un geste furieux, mais le grand-père répondit avant elle :

– Guilhem l'avait déposée chez nous, pour plus de prudence, disait-il. Quand les Daugas ont fait construire la salle de traite, ils sont tombés sur de la roche dure et c'est Franck, un ami, qui leur a fourni la dynamite, par sa base militaire, sans doute...

– Pas très réglementaire, tout ça ! grommela le capitaine en griffonnant dans son carnet.

Anna s'était retournée vers la fenêtre et regarda dans le jardin. Oursou y gambadait avec allégresse. Il sautait, s'arrêtait, la croupe en l'air, jappant après quelque mulot imprudent. Anna fronça les sourcils. Le chien traversait les rosiers d'Amélie de son habituel trottinement joyeux et insouciant.

– Non... mille fois non, reprit Anna d'une voix plus douce. C'est impossible.

Ne disait-on pas que les animaux sentaient la mort ? Et ce chien qui jouait dans la plaque de soleil éclairant les herbes folles !

Le capitaine feuilletait son calepin.

– Daugas... Guilhem Daugas. Je ne l'ai pas encore vu, celui-là. Il me faut aussi l'interroger.

Anna toucha de son front moite la vitre froide. Le silence de la maison l'étreignait à chaque instant. Séverine n'émettait plus ce chantonnement qui agaçait Anna. Silencieuse, pâle, les yeux rougis et exorbités, elle traînait comme une ombre, serrant contre sa poitrine le journal local qu'ils avaient tous lu :

> *... à dix-huit kilomètres de Pau... aucune victime... aux alentours de minuit selon les premiers témoignages... terrorisme ou paysans en colère ?... toute la bourgade, réveillée en sursaut, découvrit avec la stupéfaction que l'on imagine la sympathique agence locale du Crédit agricole réduite à un tas de cendres fumantes, rappelant à nos anciens les heures sombres de la guerre... Bruxelles va-t-elle encore être incriminée ?...*

La grand-mère Ardan était à l'hôpital, où le docteur l'avait fait conduire, par prudence, la gardant en observation, sous tranquillisants. Tantie même était absente à ce moment, faisant, autant qu'elle le pouvait, les aller-retour à sa ferme. Puis les gendarmes étaient partis, avec leurs gars du labo, comme disait le capitaine ; même les voisins avaient peu à peu disparu, chassés par Polite que tous ces événements semblaient laisser de bois. Il arrivait, d'ailleurs, de son pas lourd et traînant, le chien jappant sur ses talons. Cazalis dévisagea Polite qui passa devant lui, la mine aussi indifférente que si l'uniforme eût été transparent.

– Dites donc, Polite, vous ne m'avez toujours pas

répondu clairement. Où étiez-vous hier soir, et dans la nuit ?

Polite, crachant sa papier-maïs dans le foyer vide de la cheminée, se laissa tomber dans le fauteuil, la main flattant la tête hirsute du chien posée sur ses genoux.

– *Que droumibi...* Je dormais.

– Polite, souffla le grand-père, ses yeux rougis fixés sur sa canne, fais un effort !

– *Que-m'coubi coum las garies !* Je me couche comme les poules...

– Polite, c'est important de savoir à quelle heure le camion est parti.

Polite eut un petit sourire, il gratta sa grosse peau de hérisson et marmonna :

– *Diùbiban !* Il faudra le lui demander !

– À qui ? questionna Cazalis, le crayon levé.

– À Froidure, tiens ! gronda Polite en regardant le capitaine de son œil unique et sévère. Quand il reviendra !

Le capitaine resta le crayon en l'air, le calepin figé.

Anna avança alors de quelques pas. Son cœur battait étrangement, pris de vertige devant la certitude tranquille du vieil homme. Elle s'approcha encore, tandis que Cazalis, surmontant sa stupéfaction, griffonnait fébrilement dans son carnet. Ainsi, Polite et elle étaient bien semblables, elle ne l'avait jamais compris tout à fait, mais tous deux étaient pétris de la même passion pour Froidure et ils ne pouvaient le croire mort.

Anna s'approcha tout près de Polite et lui mit la main sur l'épaule. Il se dégageait du vieil homme une odeur de terre sauvage et de tabac froid. Il ne bougea pas mais sourit un peu plus.

– On l'aime tant, monsieur le capitaine, alors il n'est pas mort, vous comprenez.

Le capitaine Cazalis reprenait un peu de son assurance.

– Je comprends... Le choc... Polite connaissait Froidure depuis sa naissance...

Polite ne bougeait pas plus qu'une bûche, fixant son jet de salive noire qui maquillait les barres de fonte des chenets à tête de chien.

Le capitaine se pencha vers le grand-père.

– Ce n'est tout de même peut-être pas très prudent de garder cet homme choqué avec vous...

– Comment ? Que dites-vous ? répondit le grand-père.

Il avait l'air désolé de quelqu'un qui a perdu son chemin, avec sa pauvre tête de lit défait, son poil blanc tout dressé et ses grosses mains cordées de veines bleues posées sur la canne.

– Que dites-vous ? reprit-il, mettre Polite à l'asile ? Est-ce cela que vous proposez ? Où vous croyez-vous, mon capitaine, à la ville ? Avec du S.M.I.G., du R.M.I., du H.L.M., du R.E.R. ? Et les chiens qui crèvent abandonnés sur les autoroutes et les vieux dans les hospices ? Ici, les hommes vivent encore comme des hommes !

Essoufflé, le vieil homme s'arrêta de parler, voulut soulever encore sa poitrine mais il s'affaissa, le dos voûté.

Séverine se glissa dans la pièce au même moment, et Cazalis fut soulagé de la diversion.

– Vous tombez bien, vous ! Quand vous dites que vous étiez hier soir auprès de votre père, devant la télévision, certes, mais enfin, votre père a reconnu qu'il dormait !

Humiliée, Séverine détourna la tête et fixa les dalles noires. Elle ne savait où aller, où poser son corps, incapable de s'approcher d'Anna et encore moins des deux vieillards. Le vieil Ardan reprit encore la parole, de cette voix pleine d'autorité qu'il savait encore prendre.

– Ne cherchez pas de complices, capitaine. Si Froidure a fait ce que vous dites, il l'a fait seul.

Sa voix se cassa.

– Et vous voyez bien que c'est seul aussi qu'il est mort !

Anna tressaillit, elle quitta Polite et s'assit en face de lui. Mort. Le mot sonna comme un mot incongru, un mot tombé d'une langue étrangère. Est-ce que cela faisait pareil en patois : *mourt ?* Oui, tout pareil : *Qu'ey mourt !* Il est mort. C'était un mot faux, un mot impossible, tout comme un monde sans Froidure était un monde impossible. Elle leva les yeux vers le portrait. Froidure sourirait toujours, lointain, et si proche.

– Seul..., tout seul, reprit le grand-père ; c'est de famille. Son père, déjà... L'orgueil nous a tous perdus. Je dis nous, parce que moi, au nom de la lignée, j'ai appelé mon fils Centulle, comme la première famille régnante en Béarn, avant même les Phébus... Oui, nous avons tous été bien orgueilleux et nous nous sommes crus plus grands que nous n'étions.

Anna regardait toujours le portrait, Polite s'était rallumé une de ses cigarettes jaunes et fumait, placide, les yeux dans le vague. Séverine aurait voulu disparaître dans le mur. Le capitaine rompit le silence.

– Je suis désolé, vraiment désolé, pour vous tous, marmonna-t-il. Mais vous comprenez, un attentat ! On n'a jamais vu ça dans le pays ! C'est pas le Pays basque, ici... Il y en a déjà plein les journaux...

Cazalis tira son mouchoir de sa poche et s'essuya le front. Des journaux. Anna eut un regard presque étonnée. Oui, c'était vrai, il y avait les journaux, de *La République* à *Sud-Ouest*, jetés par terre, près du panier à bois. L'accident du camion aussi y était annoncé, après la page des sports. L'accident du camion. Les mots tombaient avec des gargouillis de gouttière crevée et cela sonnait vide.

Elle laissa son dos s'affaisser, se tasser, puis elle ne put retenir des pleurs silencieux.

Le capitaine Cazalis soupira encore, marmonna qu'il lui fallait trouver ce Guilhem pour l'interrogatoire de routine. Il souhaita encore bon courage à tout le monde et s'en fut. On entendit des bruits de pas et de voix dans le jardin puis la camionnette de gendarmerie démarrer et passer le pont.

Tout fut à nouveau silencieux. Seuls résonnaient des souffles humains, comme des plaintes de bêtes au souffle haché.

Séverine se dirigea vers la cuisine.

– Je vais préparer quelque chose à manger..., un petit casse-croûte, vous mangerez quand vous voudrez...

Puis elle s'arrêta et jeta un coup d'œil mauvais à Polite qui suçait sa papier-maïs. « Nous voilà propres ! songea-t-elle, comme dirait Tantie, avec en plus ce vieux toqué ! » Puis elle se dirigea vers la cuisine mais s'arrêta sur le seuil, la gorge nouée, le ventre malade. Elle croyait voir Froidure, là, un verre à la main, assis à la table, plaisantant avec le grand-père, parlant des moutons, ou plus jeune encore, avec ses boucles brunes, penché sur un cahier.

Elle entendit la chaise d'Anna qui grinça sur les dalles et son pas lent et mécanique qui montait l'escalier. Elle souffrait autant qu'elle. Elle avait détesté Anna, et maintenant, elles étaient bien unies dans la même douleur. Ce fut d'abord ce qui lui vint à l'esprit. Unies dans la mort, par la mort.

Séverine souleva un couvercle et jeta un regard morne dans la soupière. Et puis non, ce n'était pas vrai, elles ne seraient jamais vraiment égales, même dans la douleur de cet amour fracassé, assassiné. Qu'est-ce qu'elle avait eu, elle, Séverine ? Rien. Pas de mère, pas de terre, pas d'homme. Rien. Les bruits du café et des alcooliques du pays qui l'empêchaient de faire ses devoirs ou d'aller rejoindre Froidure au château. Le dimanche, les bières à servir pour la partie de quilles. Et la solitude, quand toute la bande, sauf Guilhem, était partie pour le collège puis le lycée. Et un jour, enfin, elle avait eu Froidure. Elle avait eu un petit bout d'amour, précieux comme un petit bout de terre. Pas l'amour comme pour Anna, mais l'amour dur et sec, l'amour de colère, de rage, l'amour comme on boit pour oublier, pour moins souffrir. Mais il y avait eu les moutons entre eux, et l'agnelage. Il y aurait eu un autre troupeau, et un autre morceau d'amour pour elle si la vie avait bien voulu, si le destin ne leur avait pas joué ce tour de cochon. Mais voilà, la vie avait tout décidé. Tout décidé sans elle et tout décidé autrement.

15.

Centulle Ardan descendit de son cheval. Il crut que la sombre et terrible douleur qu'il portait en lui depuis le matin allait éclater. La bride de son cheval dans une main, il se tint bien droit face à la vallée. La bête tendit son mufle chaud vers son cou.

Mais la colère ne vint pas.

Ni la douleur, ni la rage, ni les larmes.

Rien.

Il marcha alors dans le crépuscule de la campagne solitaire. Depuis des heures déjà, un lourd silence couvrait la vallée de ses ailes tristes. Ce silence lui frappa le cœur. Il attendit, comme il attendait depuis ce matin-là, quand les gendarmes étaient venus le réveiller, à l'aube, pour lui apprendre la mort de son fils. Frédéric Ardan dit Froidure, son fils, son fils rebelle, son fils prodigue, était mort brûlé vif dans son camion. Peut-être même était-il responsable de l'attentat contre le Crédit agricole.

Les gendarmes avaient emmené le docteur sur les lieux de l'accident. Il s'était tenu raide, les yeux secs, pendant que des hommes avec des gants ramassaient les morceaux calcinés du corps. Il entendit la voix lointaine du capitaine Cazalis, gendarme à Morlaàs, qui marmonnait d'une voix gênée que, puisqu'il était docteur, il savait tout cela, n'est-ce pas. La morgue, les analyses, autopsier ce qui restait...

Le docteur soupira. On ne pouvait donc pas laisser un cadavre tranquille ! La loi torturerait donc son fils au-delà de la mort !

Il était passé à Mascaraàs donner des calmants, faire des piqûres à la grand-mère qui avait eu un malaise. Seul Polite était resté figé, son œil vrillé dans une interrogation muette. Séverine était là, en larmes, bordant la grand-mère dans le lit de l'ambulance où elle paraissait minuscule, livide dans les draps. Le docteur Ardan revit le doux visage d'Amélie, dans le grand lit de leur mariage. Il revit le poupon rouge, il se souvint des paquets de neige qui tombaient dans les cheminées et de la voix tendre d'Amélie qui disait : « Frédéric c'est joli, mais nous l'appellerons Froidure, notre Froidure, extrême et ardent... » Il avait demandé à Tantie qui sanglotait dans son tablier de prévenir Anna à Pau, puis il avait repris son cheval et, à travers les champs nus, la route sur les crêtes.

Il tira sur le mors du cheval puis posa une main sur le pommeau de sa selle où il accrochait sa sacoche. Il la fit tinter. Il voulait entendre un bruit sec et vif, un bruit métallique de vie. Il n'y avait plus rien dans la vallée, ni sonnailles, ni charrettes, il n'y avait plus eu que son fou de fils, il n'y avait plus eu qu'un homme encore debout et lui, le dernier docteur, le dernier homme à cheval, allant de plus en plus loin soigner ceux des hameaux déserts, des villages oubliés.

Il tira encore sur le mors de la bête. Il attendait. Il attendait de toucher le fond solide du désespoir pour y prendre pied. Il attendait et rien ne venait.

Il marcha encore longtemps à l'entrée de la nuit. Il descendit à pied la colline de Lalongue, avançant du pas sonné d'un homme saoul. Il lui fallait encore passer voir la jambe cassée du vieil Auger. Ce serait son dernier malade, et son dernier voisin, avant le presbytère.

Il passa sous le grand porche de la ferme qui faisait face à l'église fermée. Au milieu de la cour, depuis peut-être cent ans, trônait le même chêne. À son habitude, le docteur y laissa tomber la bride de son cheval. Il décrocha son sac, tandis que les chiens aboyaient et que la porte s'ouvrait.

– Docteur ? Vous êtes venu tout de même ? On ne vous attendait pas..., pas ce soir.

La femme s'écarta, s'essuyant les mains à son tablier

noir. Le fils Auger rejoignit sa femme alors que le docteur montait déjà l'escalier.

– Vraiment, docteur, on est tous bien malheureux pour vous...

Ils étaient jeunes encore et pourtant Centulle Ardan les trouva vieux, avec leurs gestes empruntés et leurs condoléances qui ne sortaient pas. Qu'avait-il pu comprendre à Froidure, le fils Auger ? Il avait casé ses vieux parents à l'étage, avec interdiction de se mêler désormais des affaires de la ferme. Les deux vieux restaient cloîtrés là-haut. Ils ne sortaient plus guère que pour aller au cimetière, ou chez le notaire quand le fils avait besoin d'une signature, ou pour aider l'un des rares voisins, comme le vieil Auger avait fait pour l'écurie du docteur. Ce fut en revenant du cimetière qu'il glissa.

La bru n'avait guère le genre charitable. C'était une de ces rares filles du pays à n'être pas allée à la ville, contente d'avoir trouvé à épouser, à trente ans passés, le fils d'un gros propriétaire.

Et ils étaient là, tous les deux, figés au pied de l'escalier, mal à l'aise avec cette mort qui avait l'air d'un crime, d'une malédiction, une de ces histoires qui ressemblent à des histoires de la ville, comme on n'en aime pas dans les campagnes. Eux aussi l'avaient bien critiqué, Froidure, avec ses idées de brebis et de transhumance. Le fils Auger, qui flairait les subventions comme un chien un vieil os, avait parlé tabac, kiwis, jachère à Froidure, qui avait haussé les épaules. Froidure pouvait-il comprendre un gros rusé qui avait profité de la chute des cours, du remembrement, du rachat des petits et qui trônait, face à l'église abandonnée, comme un survivant sur une île ? Mais cette survie des gros perça le cœur du docteur Ardan. Il trouva avec amertume que le fils Auger avait une tête de bien-portant, une vilaine tête de survivant. Il serra les dents et monta à l'étage. Tout en examinant la jambe du père Auger, Centulle dut encore subir les condoléances de la vieille mère. Elle se signait, geignait, ne songeant même plus à se plaindre de son mari immobilisé. C'était à cause des moutons, certainement, ce garçon ne s'en était jamais remis, un si joli troupeau, et mieux traités que les vieux dans ce pays ! Et puis c'était bien fait pour ces arrogants de banquiers d'avoir leur maison à rebâtir !

Le docteur Ardan gribouilla une nouvelle ordonnance et salua d'un ton bref. Au pied de l'escalier, il rencontra encore le fils et sa femme. Lui s'inquiétait de devoir encore garder son père à la maison. Est-ce qu'il ne serait pas mieux à l'hospice, enfin, à l'hôpital ? Et pour combien de temps en avait-il encore ? Centulle marmonna que cela suivait son cours et il ouvrit la porte sur la nuit tombée. Il sortit dans la cour, prit la bride du cheval qui n'avait bougé que de quelques mètres et essayait de grignoter les feuilles du chêne. Il sortit de la grand-cour, jeta un regard bref derrière lui pour voir les deux Auger, silhouettes noires, figés dans le rectangle blanc de leur grande porte ouverte. Avant de prendre la montée douce vers son presbytère, il longea le mur de ce qui avait été l'école, la mairie et qui n'était plus que deux grandes salles communales vides.

Au milieu de la route qui tournait autour, la grande croix de fer, plantée dans son vieux socle de pierre, semblait l'attendre. Il s'y arrêta, incapable soudain d'avancer d'un pas, de pousser la grille de sa maison.

Les moutons, toujours ces satanés moutons. Froidure était-il vraiment mort à cause de ses moutons morts ?

Le docteur Ardan frappa le sol d'un coup de botte rageur. Est-ce qu'un médecin se tue parce que ses malades meurent ? Non, mille fois non ! Il y avait d'autres malades à sauver et il y aurait eu d'autres moutons. Si Froidure s'était suicidé avec son camion, ce geste lui paraissait aussi absurde qu'inadmissible. La rancune lui vint à la bouche, amère, qui lui souleva presque le cœur. Il murmura tout haut :

– C'est ta faute, Amélie... Tu as voulu en faire un paysan... Et, maintenant, c'est un paysan mort...

Et, soudain, toute la nuit paysanne murmura autour de lui : pourquoi ?

La petite église au toit d'ardoise, le cimetière clos et silencieux derrière son mur de galets, la route douce qui s'en allait dans la nuit comme une traînée de lait, la croix rouillée, tout murmurait : pourquoi ?

La jument gratta le sol d'un coup de sabot impatient, mâchonna son mors d'une bouche fâchée, mais Centulle Ardan ne pouvait bouger, les yeux fixés sur la croix noire.

– Pourquoi ? dit-il tout haut.

Parce qu'on paie toujours ses erreurs et que Froidure avait payé son obstination de paysan buté dans un monde qui ne voulait plus de paysans ! Voilà pourquoi ! Voilà ce qui arrive aux enfants obstinés, comme dit la chanson.

Mais un autre pourquoi montait en lui. Pourquoi n'y avait-il pas eu de place pour un homme tel que Froidure Ardan ?

Et, soudain, Centulle Ardan, qui s'était toujours cru le père déçu d'un mauvais fils, cul-terreux et utopiste, soudain, dans la clameur douce et souterraine qui montait du village esseulé, Centulle Ardan se sentit le père d'un fils persécuté par le destin.

Un fils crucifié par le monde moderne.

Un fils trahi par la bureaucratie.

Un fils torturé par une banque.

Sa femme avait mis au monde un beau garçon, un fils porteur d'espoir, et le monde avait persécuté ce fils. Et lui, le père, avait participé à ce monde.

– C'est ma faute, Amélie, murmura-t-il comme une prière.

Mais les persécutés se plaignent-ils seulement ? Ils disparaissent, et ne reste d'eux, peut-être, pour ceux qui savent écouter, qu'un chant douloureux qui sauve leur souvenir. Et ce chant de misère monta dans le cœur de Centulle Ardan, un chant d'un poids terrible qui alourdissait ses jambes au point qu'il crut soudain que plus rien ne le ferait avancer.

Centulle Ardan plia les genoux, le cuir de ses bottes craqua et il tomba sur le gravier, lâchant la sangle de l'animal étonné.

Pourquoi avancer encore ?

Qu'était devenu son idéal de vie, d'ambition et de résurrection des corps souffrants puisqu'il n'avait su, pas plus que le reste du monde, ni aimer, ni comprendre, ni sauver son fils ? puisque sa dernière part d'éternité, son fils, lui avait été volée ?

Pourquoi ne pas se laisser mourir aussi, comme son fils, là, au milieu de cette terre trahie, abandonnée ? Pourquoi, en cet instant funèbre, ne pas se laisser aller à un total désespoir dont il n'y avait plus qu'à se rassasier et se contenter ? Son fils unique, Frédéric, dit Froidure, était mort. Ce fils difficile qui l'avait tant déçu, cette âme mystérieuse et sombre, cette volonté à la candeur obstinée, vivait pourtant là, ici, encore, quelque part, révélé par le chant profond de cette nuit paysanne qui, une dernière fois, saluait le souvenir de ce dernier fils, de ce dernier combattant d'une dernière guerre.

Et, sans qu'il comprît pourquoi ni comment, le docteur Ardan se releva et reprit sa route.

16.

Il y eut la fin du jour, et le pas titubant du grand-père qui monta se coucher avec Polite, le grand vide dans la salle froide et les traces de la nuit d'automne qui glissaient dans tous les recoins. Anna resta assise longtemps près du foyer froid. Puis, avec des gestes de somnambule, elle tira des poignées de petits bois qu'elle jeta sur les journaux en boule. Elle craqua une allumette. La flambée partit vite, haute et crépitante, trépignant de plaisir dans le bois sec, mais Anna porta les mains à son visage, effarée de cette flambée d'horreur. Froidure était-il mort ainsi, flambé, détruit, comme autrefois on brûlait les sorciers, les maudits, les parias ? Comme autrefois on torturait, comme autrefois on s'était débarrassé de millions de corps assassinés ? Elle eut envie de vomir et plia sur ses genoux son corps révulsé. Et pourtant, derrière la douleur, il y avait cette voix mystérieuse qui murmurait : « Non ! non ! »

Tout le jour, elle avait langui après la nuit et son silence apaisant, tout le jour elle avait haï cette sale lumière d'éternité, brillante, sonore, qui éclatait de partout, qui balayait tout le pays avec sa volonté têtue de survivante. Et voilà que ce feu dans la nuit, loin de l'apaiser, la torturait, lui ravageait le cœur. Elle fut saisie du désir malade de plonger la main dans les flammes. Souffrir. Souffrir avec lui puisqu'elle n'avait pas vécu avec lui. Souffrir et renaître.

Elle se leva, fit quelques pas, puis, tirant sur sa natte d'un geste nerveux, elle revint à nouveau vers la cheminée. Ses yeux se levèrent alors et son regard rencontra le portrait. Froidure. Il était bien là, si vivant, si présent dans sa stature d'homme debout, si fier, si éclatant de lumière. Avec ses moutons. Ses satanés moutons. Elle regretta presque d'avoir peint les brebis, à sa demande pressante, elle s'en souvenait bien. Ils avaient été la source de tous leurs malheurs, comme tout ce qui venait de la terre, comme tout ce qui survivait encore sur la terre paysanne. Maudits moutons. Maudit berger.

Elle mit encore une bûche dans le feu, jeta sur ses épaules un des châles d'Amélie qui traînait toujours, ici ou là, près du panier à bois. Elle tira un peu en arrière la plus grande des chaises, l'éloigna du feu, y ajusta l'autre pour y mettre ses pieds. Elle s'installa ainsi, dans un coin d'ombre, de telle façon que sa tête, bien calée contre le dossier, pût contempler tout à loisir le portrait de Froidure.

– Froidure, mon homme..., mon berger..., mon homme debout, murmura-t-elle encore.

Peu à peu, malgré la douleur lancinante qui avait rompu tout son corps, elle s'endormit d'un mauvais sommeil agité et douloureux. Son cou lui faisait mal, cassé par le bois du dossier. Chaque fois que ses yeux s'ouvraient, elle voyait Froidure devant elle, flottant dans les ombres mourantes de la cheminée. Parfois elle tombait, toute foudroyée, dans un morceau de sommeil profond, comme d'une falaise. Elle se redressait alors, haletante, mettait une autre bûche, installait à nouveau ses jambes sur les grandes chaises, calait à nouveau son cou douloureux contre le dossier et plantait, le plus longtemps possible, ses yeux dans les yeux de Froidure. Puis elle s'endormait à nouveau, tirant de ses mains maigres et nerveuses sur les pans du châle d'Amélie.

Un bruit, sans l'éveiller tout à fait, la fit tressaillir, un petit bruit accompagné de cette vilaine sensation d'être déjà réveillée puisque la douleur était là, toujours bien là, plantée comme un couteau.

Était-ce un bruit du rêve, ce bruit glissant comme une plainte animale, ce sanglot qui bougeait, qui frétillait, qui s'approchait de la maison, qui entrait, qui était là ? Elle ne put tenir les paupières fermées plus longtemps ni se mentir davantage : il n'y avait plus de rêve, il y avait la vie, et le jour sans doute, et l'aube proche à affronter de nouveau.

Il était là, devant elle, ses yeux plantés dans ses yeux, souriant d'un air étonné, les mains ballantes sur le pantalon côtelé. Elle ferma à nouveau les paupières, les rouvrit brusquement. Il était bien là et il lui souriait tout à fait. Elle se redressa d'un bond si brusque que la chaise bascula en arrière et tomba avec fracas sur les dalles ; sa bouche s'ouvrit sur un cri muet. Puis la queue joyeuse du chien qui pleurait encore doucement passa devant elle, lui effleura les jambes et disparut sous la table. Prise de vertige, elle allait se laisser choir sur le sol quand il se précipita, la prit dans ses bras, la serra contre lui et murmura :

– Mon amour..., tu es revenue... Tu me pardonnes donc... C'est bien. On va tout recommencer, tout rebâtir. Un nouveau troupeau, un nouveau Mascaraàs dans lequel tu auras ta vie, ta peinture...

Incapable de parler, elle se laissait embrasser. Et la petite voix qui avait murmuré : « Non ! Non » disait maintenant : « Pourquoi es-tu étonnée ? » Oui, c'était lui, c'était bien lui, ses lèvres, son odeur, ce parfum de vent et de nuit, cette rudesse des boucles sous la paume de ses mains et ce corps tout palpitant qui tremblait contre elle comme par un jour de grand vent, c'était lui. Enfin, elle se redressa, se détacha de lui. Elle se surprit à regarder furtivement le portrait, là-haut, toujours accroché sur le panneau de la cheminée. Puis elle regarda à nouveau Froidure, passa une main tremblante dans sa grosse tête bouclée. Elle suffoquait de bonheur.

– Qu'as-tu ? demanda-t-il, inquiet soudain.

– Mais tu ne sais donc pas ? murmura-t-elle.

Il haussa les épaules, se frotta les mains, tout gêné brusquement de la sentir si effarée. Pour s'occuper, il mit une bûche dans les braises et décrocha le soufflet qu'il activa sur le feu.

Anna commençait à reprendre ses esprits, regardait de droite et de gauche, palpait l'obscurité de l'œil puis passa dans la cuisine et revint avec un journal. Elle ne put que le lui tendre. La première page, d'abord, où le journal avait publié une grande photo en couleur où l'on voyait des pompiers pointer leurs lances à incendie sur les flammes du Crédit agricole. Il lut le gros titre, regarda Anna, le visage déformé par la stupéfaction. Puis il regarda à nouveau la photo.

– Mais qui a fait ça ?

Toujours sans voix, Anna lui arracha le journal, tourna fébrilement les grandes pages, en déchira une ou deux, trouva enfin la bonne et la lui tendit d'une main frémissante.

Dans la colonne de gauche, chaque village, classé

par ordre alphabétique, annonçait ses deuils et faits divers. À la rubrique « Mascaraàs », on pouvait lire :

> *Dans la nuit de samedi à dimanche, Frédéric Ardan, éleveur, a trouvé la mort à bord de son camion qui s'est renversé et a brûlé dans des circonstances encore inconnues. Dans nos colonnes, nous avions déjà narré les malheurs de la famille Ardan lors de la tragique transhumance de l'été dernier qui avait vu la mort de tout le troupeau de notre berger. Nous rappelons qu'il était le fils du docteur Centulle Ardan, établi à Lannecaube et surnommé dans tout le pays « le docteur à cheval ». Une enquête est ouverte par la gendarmerie de Morlaàs. Nous adressons nos sincères condoléances à la famille, déjà très éprouvée, il y a quelques années, par la mort d'Amélie Ardan, née Routis.*

Froidure se laissa choir sur un banc, le journal tomba à ses pieds. Il le regardait d'un air stupide.

– Mais, comment..., comment..., et..., où étais-tu pour n'avoir rien appris ? demanda Anna.

Il demeura silencieux un instant puis répondit d'une voix lente :

– Chez mes amis chevriers, au-dessus de Borce. On est partis, comme ça, dans la nuit...

– Mais qui... « on » ?

Froidure leva vers Anna un regard anxieux, plein déjà de la certitude du malheur de l'autre, du frère.

– C'est comme si je l'avais tué...

– Mais qui ? s'impatienta Anna, agenouillée près de lui.

– Mais Guilhem... Qui veux-tu ?

Elle eut un regard effaré, fixe.

– Tu comprends... On allait tellement mal... Il n'avait pas dessaoulé... et j'ai dit : « On s'en va, on va respirer, je vais te montrer où sont mortes mes bêtes... et puis après on se saoulera encore une fois, et puis après, on recommencera la bataille. » Il a dit oui, que ça irait mieux après. On est montés dans le camion, j'ai interdit à Oursou de venir avec nous. Je ne sais pas pourquoi, je ne voulais pas de lui sur l'estive. Et puis, arrivé à Borce, Guilhem m'a dit non, que c'était pas possible, qu'il fallait qu'il règle son problème avec la banque. J'ai dit que ce n'était pas à trois jours près, qu'on avait besoin de se retrouver un peu dans notre tête et dans nos montagnes... Il n'en a pas démordu. Il a juste pris un verre chez le chevrier. Il est reparti avec le camion, calme, détendu, comme on l'a toujours connu...

Il s'arrêta un moment.

– Toujours connu... Le Guilhem d'autrefois, toujours gai et sans souci. Il m'a dit : « Allez, je te laisse deux, trois jours de vacances et je reviens te chercher, maximum mercredi..., et tu verras, ça sera la bagarre... On va leur montrer qui on est... » Voilà, c'étaient ses derniers mots : « On va leur montrer qui on est... »

– Et tu n'as entendu parler de rien ?

Froidure haussa les épaules.

– Tu sais, mon chevrier, il est un peu le genre de maman. Moins il voit le progrès, mieux il se porte ! Il a juste les trayeuses électriques... En plus, les camions de lait ne montent ni les dimanches ni les lundis. Par un des chauffeurs, on aurait pu avoir des nouvelles. Et puis voilà, ce soir, ça m'a pris, aussi, comme ça, j'ai eu honte d'être parti sans prévenir les grands-parents. Le chevrier m'a ramené jusqu'au moulin, et j'ai continué à pied.

Il se leva, marcha vers la cheminée et appuya ses mains sur la poutre de pierre.

– Et mon père ?

Anna s'approcha, posa la tête sur son dos et écouta, dans la poitrine large, le cœur qui battait. Elle ferma les yeux, enlaça le grand corps vivant, écouta, comme si elle doutait encore, le cœur de son berger.

– Que crois-tu ? Comme nous tous..., tellement malheureux. Et on a eu peur pour la grand-mère. Elle est en observation à Pau.

Elle sentit sous sa joue le corps de Froidure s'affaisser un peu plus vers le feu.

– J'ai honte... Que de malheurs autour de moi... Pauvre grand-mère, pauvre Guilhem, murmura-t-il.

Puis il se retourna et prit Anna contre lui. Vivant. À nouveau vivant. Comme une seconde chance, un nouvel espoir, une vraie résurrection. Il serra Anna plus fort encore, certain, cette fois, de ne plus la perdre. Des pas retentirent dans l'escalier, pesants. Ils n'eurent que le temps d'espérer que ce ne fût pas le grand-père. Polite entra, la tête hirsute, broussailleuse et grise, son œil tout vif tournant dans son orbite. Une longue chemise à rayures blanches et grises lui descendait jusqu'aux genoux, par-dessus son pantalon. Les bretelles pendaient comme des cordes à sauter de chaque côté de ses flancs maigres.

– Te v'là donc, couillon, où s' que t'étais encore allé te fourrer ! demanda-t-il d'une voix tranquille.

Anna sourit.

– Tu savais, Polite, tu savais vraiment ! Tu savais encore plus fort que moi et tu nous a laissés pleurer comme des fontaines !

– Vous saviez quoi, finalement ? demanda Froidure en haussant les sourcils.

– Laisse ! répliqua Anna tandis que Polite haussait les épaules.

– Je suis comme l'Oursou, c'est tout. J'en savais ni plus ni moins que lui.

Anna sourit encore.

– Mes hommes..., mes primitifs..., qui pourrait encore vous comprendre ?

Froidure la prit à nouveau dans ses bras, frottant son front de taurillon contre son visage.

– Mais toi, ma belle. Et il nous faut désormais revivre ensemble, puisque le ciel l'a voulu ainsi. Comme disait maman, vivre, et entrer dans sa maison, la flamme à la main, en souvenir de tous nos morts.

Elle laissa aller sa tête contre la chemise rêche.

– Oui, tu es bien vivant et il faudrait peut-être que ça se sache !

17.

Comme on se souvient du cri de l'alouette au printemps, comme on se souvient de la glace qui craque au sortir de l'hiver, comme on porte en soi l'attente du regain, le retour d'un amour prodigue, personne ne put oublier, jamais, ce matin où fut annoncée dans tout le pays la résurrection de Froidure Ardan.

Frédéric Ardan, dit Froidure, un homme encore

debout sur sa terre, un homme encore dressé droit malgré la mort de ses bêtes.

Il y eut la joie et la douleur, et la douleur dans le soulagement. Un homme était vivant. Un homme était mort. Il y eut le cœur bondissant du docteur Ardan écrasant son visage bouleversé sur l'encolure de sa jument, il y eut le cœur désespéré de la mère de Guilhem, emportée chez des parents charitables, pauvre chose mourante, inutile, qui répandait son chagrin comme une outre crevée.

Froidure Ardan était vivant. Ressuscité d'entre les morts, les morts de chagrin, morts de fatigue, morts de découragement, morts de dettes. Ardan était de retour. Et le mot brûlait le cœur de tous les vivants, de ceux qui dans le Vic-Bilh avaient encore choisi de faire le dernier des métiers, le premier des métiers.

Froidure Ardan était vivant, reprenant le combat de l'homme pour s'élever, et, dans chaque ferme, la pitié pour les Daugas se teinta de l'espoir en l'avenir. Un frère était mort. Un frère était revenu.

On pria pour Guilhem à l'église de Garlin quand fut rendu ce qui restait de son corps. On pria pour soi, pour sa ferme, sa terre et ses dettes, on pria pour le domaine Daugas. La Banque, comme un ogre, allait tout manger, tout avaler, tout disperser. Pan par pan, bête par bête, la Banque allait dépecer, vendre, dévorer et flatter la panse de ses crédits. Des ruines fumantes renaîtrait une nouvelle banque plus orgueilleuse d'avoir vaincu un homme et dans laquelle il faudrait encore avoir le courage d'autres humiliations. Encore une minute, monsieur le bourreau. Cependant toute la vallée respira.

– Que vas-tu faire, petit, demanda le grand-père pour la dixième fois, tandis que le docteur, assis auprès de lui à la grande table, hochait la tête.

Froidure ne répondit pas. Comment leur dire, à ces deux hommes attentifs, son attente, cette attente lourde qui pesait, alors qu'il était redescendu si plein d'ardeur et de courage.

– Laisse-moi entamer des négociations avec les assurances et la fédération des chasseurs, proposa le docteur Ardan, tandis que son père approuvait vigoureusement.

Polite caressait doucement la tête hérissée du labri, qui laissait échapper un souffle épais de contentement.

– C'est trop tard, de toutes les façons..., murmura Froidure.

Et il eut honte de lui, soudain, de ne pas s'être mieux battu.

– Hum...

Le docteur Ardan se raclait la gorge.

– Je..., enfin..., quand tu es revenu de l'estive..., tu étais en colère. On l'avait compris, alors c'est moi qui suis monté...

Froidure se retourna. Stupéfait, il fixa son père.

– Que dis-tu ? Tu es monté voir mes bêtes mortes, toi ?

Gêné, les yeux sur ses mains croisées sur la table, Centulle Ardan répondit, sans oser regarder son fils :

– Oui, et avec les gars de la fédération de chasse. Pour qu'ils puissent vérifier, quand il en était encore temps, le passage des sangliers.

– Tu as fait cela ? Pour moi ?

Le docteur Ardan fixait toujours ses mains. Le grand-père eut un sourire radieux.

– Alors c'est bien... Cela veut dire qu'on peut se battre encore, mais..., reprit Froidure.

– Mais quoi encore ? grogna le grand-père.

– Je voudrais..., murmura Froidure.

Mais il ne sut que dire et il se tourna à nouveau vers les fenêtres. Comment leur dire qu'il voulait et ses moutons et Guilhem et la paix dans sa bergerie et sa mère et des moissons faites, des choses rangées, le téléphone à Mascaraàs et une femme à ses côtés qui s'appellerait Anna Ardan...

– Je ne voudrais plus de deuils..., murmura-t-il seulement, en fixant ses mains.

Le grand-père soupira.

– Ne rêve pas, petit. Arrête de rêver. Sur la liste des deuils, je suis le prochain, ou bien ta grand-mère, ou bien ton fou de père qui se cassera peut-être demain la caboche du haut de sa jument, ou Polite qui s'en ira galopiner dans les friches, comme lorsqu'il était enfant...

Polite eut un petit sourire, tout en continuant à caresser le chien.

– Que crois-tu ? continua le grand-père, nous sommes tous mortels, toi aussi, même si tu as eu de la chance, cette fois. Ne tire pas trop sur cette chance.

– Chance ? murmura Froidure. Chance parce que Guilhem est mort à ma place ?

– Il n'est pas mort à ta place, il est mort, gronda Polite.

– Il est mort parce qu'il était trop faible ? s'interrogea Froidure.

– Qu'est-ce que tu t'imaginais de la campagne ? Que seule la ville était une jungle ? Partout les petits crèvent et nourrissent les plus forts, dit le docteur, amer.

– Tu sais, petit, votre vie, elle est plus dure que ce qu'a été la nôtre, reprit le grand-père. Mais c'est celle-là que tu veux.

Froidure, à travers les fenêtres, regardait le jardin balayé par le vent. Les fûts des arbres tanguaient comme des mâts, lâchant à chaque mouvement de grands flots de feuilles rousses. Soudain, au détour de la poterne, la petite silhouette d'Anna apparut, frêle mais toute dressée dans le vent, enveloppée d'une cape. Elle avançait vers lui, de son pas solide et volontaire, laissant virevolter autour d'elle les pans dorés de sa cape. Froidure se rappela Amélie et les grands vents de son enfance qui faisaient gonfler la voile de sa cape. « Tu vas t'envoler, maman », disait-il toujours et il gambadait autour d'elle. Sa vision se troubla mais le visage souriant d'Anna apparut derrière un carreau de la grande fenêtre. La lumière du jour auréolait sa chevelure brune de longues traces rousses et cernait d'ombre ses yeux brillants. Elle approcha son visage si près de la vitre que le souffle de ses lèvres fit un cercle de brume où disparut sa bouche ; elle se pencha plus près encore et déposa la trace de ses lèvres sur la buée. Il hésita, regarda le dessin des lèvres avec émotion et passa le doigt sur la surface froide qui les séparait. Ému, il ouvrit la porte-fenêtre et elle entra, portant dans sa cape et ses cheveux une odeur de fumée, de bois humide et de vent de la montagne qui venait de se rouler dans les plis de la vallée.

– Salut, fillette, dit le grand-père. Ton homme est triste.

Anna ouvrit sa lourde cape. C'était bien une de celles d'Amélie, que toutes les femmes de la maison utilisaient pour aller et venir sur la propriété.

– Nous sommes tous tristes, dit-elle. Mais nous

vivrons avec cette tristesse, n'est-ce pas, Froidure ? Nous ne nous consolerons jamais de la mort d'aucun de ceux que nous aimons, mais nous survivrons.

– Mais Guilhem, c'était comme un frère, murmura Froidure.

Elle songea au premier crime, au tout premier crime de l'homme. N'avait-il pas été celui du frère ? Mais elle ne dit rien de cela à Froidure. Elle le sentait loin, muré dans son chagrin, son remords, et peut-être même dans un regret, furtif, de n'être pas celui qui avait dynamité la banque et qui en était mort.

– Et si tu me menais sur tes estives ? dit-elle soudain, sans y penser vraiment.

– Mes estives..., murmura Froidure. Mes bêtes mortes..., mes charognes déchiquetées... Tu veux voir ça ? Ne préfères-tu pas plutôt venir choisir de nouvelles bêtes avec moi ?

– Froidure, insista-t-elle, mène-moi là-haut.

Et il la regarda, comme suspendu entre le souvenir et l'espoir.

Après Borce, ils laissèrent la voiture du docteur. Froidure hésita encore. Enfin, ils se mirent en marche, à travers une forêt de sapins qui modelaient les pentes. Le vent d'hiver soufflait dans les têtes des arbres ; comme de grosses poules, ils semblaient tout gonflés de bourre, soulevant avec des frilosités vives des aiguilles roussies qui tombaient dans leurs cheveux ; Anna frissonna malgré les gros pulls qu'elle avait passés sous son manteau, malgré les bottes sur le pantalon de laine. Le temps de cette matinée avait la suavité d'une étrille, la douceur d'un glacier, la raideur d'un premier matin du monde. Le corps tendu vers la pente, ils avançaient en silence. Au-dessus d'eux scintillait une lumière minérale qui tombait par morceaux entre les têtes effilées des sapins. Puis, soudain, dans un trou noir, se dressait une colonne blanche, solide, irisée de taches arc-en-ciel, qui semblait leur montrer le chemin, le couloir vers les estives.

Enfin, ils sortirent du bois, et la montagne nue, froide et sèche, immense, les frappa au cœur. D'est en ouest, la grande plaque flexible et scintillante du ciel se cintrait sur eux. Anna toussa sous la brûlure qui pénétrait ses poumons. Il la regarda, inquiet.

– Tu es fatiguée ? C'est plus haut que tu ne pensais ?

Elle hocha la tête.

– Avoir vécu depuis toujours ici... et n'être jamais allée dans nos montagnes...

Il sourit et répondit :

– On avait Mascaraàs.

– Oui, mais ici, c'est vrai que c'est si beau..., si grand. On a envie de boire tout le ciel.

Il lui prit la main et l'attira vers elle. Ses grandes pupilles, noires comme les amarres d'une barque, chaviraient dans l'infini. Il embrassa son front, ses lèvres. Pourraient-ils jamais revivre un jour comme avant, malgré la mort et la douleur ? Pouvaient-ils encore redresser les murs de Mascaraàs comme leur conscience ? Ou simplement espérer encore vivre de la terre et de nouvelles bêtes. Jusqu'où ? Jusqu'à quand ? Jusqu'à quelle nouvelle loi, quel nouveau quota, quelle nouvelle norme ? Il soupira et dit, tirant sur la corde du sac qui lui sciait l'épaule :

– Allons, on a encore une bonne marche devant nous.

Ils marchèrent encore, regardant parfois le soleil

basculer derrière la montagne grise, si lointaine et si proche, immobile et mouvante, tout hérissée sur l'estive verte. Quand ils se retournaient, ils voyaient en bas les nappes de brume envahir tout le fond comme un gros bouillonnement blanc. Froidure songea à ses moutons. La brume était souvent ainsi, derrière soi, comme un chaudron de lait en ébullition, comme des milliers de dos de moutons, bien serrés, ondulants, étincelants sous la lumière qui tombait dru.

– Avançons, dit-il encore.

Puis la montagne eut cette déclivité sauvage, inattendue, cet affaissement du flanc. Froidure sentit sa gorge se serrer. Anna souffla :

– C'est par là ?

Il hocha la tête sans répondre.

Le bruit furieux de la harde grondante sonna dans sa tête. Il ferma un instant les yeux, comme assommé par le souvenir, puis reprit sa marche. Il avança d'un pas vif, hésitant sur le chemin, regardant de droite et de gauche comme si devait surgir du grand silence de la montagne une menace ou un espoir.

Soudain, ils furent au bord de l'abîme, main dans la main, les yeux d'abord fixés sur le grand vide, la grande disparition de la terre, tandis que dans le lointain tournaient en arabesques de lait des nuées de brume qui s'enroulaient, se déchiraient et tombaient en flocons dans le creux de la roche.

Alors il osa baisser les yeux, tenant ferme la main d'Anna, et il sentit l'interrogation de tout son corps incliné vers le vide, étonné.

– Mais..., murmura-t-elle.

Il n'y avait plus rien, presque plus rien. La montagne, les busards, les renards, les maudits sangliers même avaient tout rongé, tout raclé, tout nettoyé.

Parmi les herbes dansantes, les buissons courts et les roches éclatées, on n'apercevait, en plissant les paupières, que des os bien blanchis, éparpillés, secs et propres, ici et là, mêlés ou lancés comme un jeu d'osselets qu'un enfant eût abandonné. Parfois, Froidure distinguait une rondeur blanche, une corne plantée dans un taillis, enroulée autour d'un feuillage qu'elle enlaçait comme un bouquet. Plus loin, le vent avait émietté en de grosses fleurs blanches, légères comme des flocons, des lambeaux de laine qui dansaient sur les plus hautes tiges ou sur des digitales séchées qui arboraient une étrange tête blanche. Tout était calme, beau, propre, tout oscillait comme un champ de coton vivace sur un ossuaire blanc.

– C'est mieux que de finir au bûcher, ou chez l'équarrisseur, ou vendu à des sociétés pétrolières pour faire du cosmétique..., murmura enfin Froidure.

Et il se détourna, tirant sur la main inerte d'Anna.

Ils marchèrent à nouveau en silence, longtemps, tandis que le vent de la montagne descendait de ses rocheuses cachées, glissait de ses encoignures secrètes et venait balayer doucement le doux tapis de l'estive où déjà rampait le froid.

– Bientôt, ici, ce sera la neige, dit enfin Froidure.

À la fonte des neiges, il y aura un autre troupeau, plus jeune, plus beau, plus fort. Y croyait-elle vraiment ? Je le crois, je le veux, soufflait-t-elle, comme on souffle un serment. Et s'il échouait ? Il recommencerait, disait-elle. Et si elles étaient malades ? Il les guérirait, disait-elle encore. Et si la coopérative le volait et lui faisait jeter sa laine et l'obligeait à gaver ses bêtes de chimie médicamenteuse ? Il se battrait encore. Ce serait le vrai combat. Il saurait livrer la bataille là où elle devait être livrée, contre tous les Castaing et tous les Lanouguère. Il résisterait encore et toujours, disait-elle.

– Tu te battras. Tu résisteras.

Il soupira puis prit entre ses grandes mains abîmées le visage radieux de celle qui l'aimait.

– Tu te souviens de ce que tu racontais ? dit-elle alors qu'ils redescendaient vers la vallée.

– Quoi donc ?

– Tu sais : « Les prairies des Celtes..., j'y étais... Les prairies marécageuses de Cro-Magnon..., j'y étais... »

Il haussa les épaules en souriant.

– Tu pourras dire, à la mort des bêtes, de toutes les bêtes, à tous les ossuaires, à tous les charniers, j'y étais..., et puis, à toutes les naissances, j'y étais. Et j'y serai, désormais, pour toujours.

Ils s'arrêtèrent et il la serra contre lui tandis que, dans le ciel, tournait un petit busard qui disparut dans la montagne dressée au-dessus d'eux.

– Allons, il faut cesser de rêver..., murmura-t-il, il faut cesser de vivre dans le rêve.

Il s'interrompit, leva les yeux vers le ciel et les grandes traînées de lait qui y voguaient comme un adieu.

– Et faire vivre le rêve dans l'avenir.

Et toute la montagne respira sa parole.

Impression réalisée sur CAMERON par
BRODARD ET TAUPIN
La Flèche

pour le compte des Éditions Robert Laffont
24, avenue Marceau, 75381 Paris Cedex 08
en janvier 1997

Imprimé en France
Dépôt légal : janvier 1997
N° d'édition : 37477 – N° d'impression : 1804R-5